BLECAUTE

MARCELO RUBENS PAIVA

BLECAUTE

Copyright © 2006, Marcelo Rubens Paiva

Grafia atualizada segundo o Acordo Ortográfico da Língua Portuguesa de 1990, que entrou em vigor no Brasil em 2009.

Capa
Alceu Chiesorin Nunes

Revisão
Lília Zanetti Freire
Maria Beatriz Branquinho da Costa
Diogo Henriques

Dados Internacionais de Catalogação na Publicação (CIP)
(Câmara Brasileira do Livro, SP, Brasil)

Paiva, Marcelo Rubens
   Blecaute / Marcelo Rubens Paiva. — 1ª ed. — Rio de Janeiro : Alfaguara, 2020.

   ISBN: 978-85-5652-101-9

   1. Ficção brasileira I. Título.

20-33485   CDD-B869.3

Índice para catálogo sistemático:
1. Ficção : Literatura brasileira   B869.3

Cibele Maria Dias — Bibliotecária — CRB-8/9427

[2020]
Todos os direitos desta edição reservados à
EDITORA SCHWARCZ S.A.
Praça Floriano, 19, sala 3001 — Cinelândia
20031-050 — Rio de Janeiro — RJ
Telefone: (21) 3993-7510
www.companhiadasletras.com.br
www.blogdacompanhia.com.br
facebook.com/editora.alfaguara
instagram.com/editora_alfaguara
twitter.com/alfaguara_br

Sumário

O princípio	7
Outono	59
Inverno	101
Primavera	145
Verão	205
Uma distante estação	221

O princípio

O príncipe

Não fico mais aflito por saber que nada sei. O que é? De quê? De onde veio? São perguntas cujas respostas não me interessam. O tempo não precisa ser medido; essa frase tem ficado muito tempo na minha cabeça. Não existe diferença entre verdade e mentira, nem a possibilidade de encontrar o bem e o mal; não sei por que catso comecei a pensar nisso. Há muito não dou uma risada, nem choro. As palavras não significam nada. Meu corpo se curvou para a frente, desiludido. Não consigo entender o sentido da minha vida. Não consigo entender nada. E isso não me comove mais. Os homens fizeram a sua própria história, mas não imaginaram onde iriam desembocar. No princípio, o Céu e a Terra eram fenômenos divinos; e só. Em seguida, a Razão, a Ciência encontraram teorias que os definissem. A luta da humanidade era explicar o inexplicável. Hoje... meu corpo se curvou para a frente, desiludido. Dane-se! Me lembro de uma música que falava "Tudo, tudo, tudo vai dar certo..." e acho engraçado. Nada deu certo. Já me falaram de uma nova Era. Já me falaram do universo em expansão. Mas nada deu certo. Nada.

Começou há muito tempo. Sei lá, há uma porrada de tempo... Fui a uma palestra sobre Espeleologia, ciência que estuda as cavernas. Não sei por que fui; acho que não tinha o que fazer. O orador falava em italiano. Apesar de eu não ter entendido quase nada, me apaixonei pelo assunto. Junto com Martina, estudante de Letras que também se envolvera, procurei um grupo de exploradores profissionais para nos juntarmos a ele. Imaginava encontrar um ambiente cheio de aventureiros, cientistas loucos, desbravadores de cavernas. Que nada! Fomos barrados por uma secretária de voz fina que, olhando nossos currículos, exclamou:

— Vocês não têm experiência no assunto!

Humilhados, compramos alguns manuais e criamos nosso próprio grupo de espeleologia. Afixamos cartazes no restaurante universitário, ganhando a adesão de um estudante de física, Clérico, um sujeito esquisito e cheio de tiques nervosos. Era muito magro, quase escondido dentro de um grande sobretudo. Nos fins de semana, começamos a nos reunir na minha casa para ler biografias e estudar mapas de cavernas. Aos poucos, fui descobrindo que o tal Clérico era mais esquisito do que eu imaginara. A primeira coisa que fazia, quando chegava em casa, era se trancar no banheiro e só sair depois de insistirmos muito.

Numa dessas reuniões Mário apareceu; ele ia sempre lá em casa. Se interessou pelo assunto e pelo membro feminino do grupo. E houve recíproca. Martina devolveu o interesse jogando sorrisos para ele, para Clérico, para mim, até para as paredes. Nessa noite, eles dormiram no meu "quarto de hóspedes". Pelo menos, ela sabia quem era o dono da casa.

Num feriado prolongado, decidimos pôr em prática nossos estudos. Seguimos os quatro para Betari, uma região cheia de cavernas no Vale do Ribeira, levando o equipamento necessário. Já na entrada da Gruta da Rainha, a primeira briga. Clérico ficou com medo, disse, entre outras bobagens, que não entrava. Foi expulso do grupo e teve de voltar sozinho.

— Esse cara vai se perder... — disse Martina preocupada.

— Foda-se! — respondemos ao mesmo tempo.

Entramos na gruta e... foi um desastre. Nunca poderíamos prever. Enquanto cochilávamos num grande salão, o riacho que corria por dentro da caverna subiu, deixando a saída coberta pela água. Ficamos presos. Folheamos os manuais, mas não diziam nada que nos ajudasse. Provavelmente tinha havido uma grande cheia no rio Ribeira. Pensávamos em retornar por baixo da água, mas não sabíamos a extensão da abertura. Esperamos, esperamos. Como esperamos...

Nada.

Economizamos luz e comida. Martina chorou. Eu rezei. Mário dormiu. Tentávamos contar piadas, histórias, qualquer coisa para passar o tempo.

Nada.

Eu dormi. Martina chorou. Mário riu. Nos odiamos. Nos xingamos. Não nos falamos. E esperamos, esperamos...

Finalmente, depois de uns três ou quatro dias (numa caverna perde-se a noção do tempo), o riacho baixou, descobrindo a saída. Morcegos pendurados na entrada da gruta gargalharam da nossa incompetência. Acho que foi o dia mais idiota da minha vida.

Mário voltou dirigindo despreocupado com os perigos da estrada, deixando para trás um cogumelo de poeira. Reclamava de tudo, da caverna, da estrada, até de estar reclamando. Liguei o rádio sem conseguir sintonizar nenhuma estação. Vai ver está quebrado.

— É novinho em folha. Não está quebrado porra nenhuma! — ele disse sem tirar os olhos da estrada.

Martina fingia dormir no banco traseiro. Eu estava cansado, muito cansado.

BR 116
A 500 METROS

Asfalto adiante. Mais duas horas e estaríamos em São Paulo.

— E o Clérico? — perguntei.

— Foda-se o Clérico! — respondeu.

Eu tinha mesmo ficado preocupado com ele.

Entramos na estrada que tinha a fama de ser a mais perigosa do estado; neblina, pista estreita, uma serra sem lugar de ultrapassagem, entre outras desgraças. Já no primeiro quilômetro, cruzamos com um caminhão arrebentado num barranco. A cabine se transformara numa lata amassada. Era desses que transportam combustível; estava todo chamuscado. Aquilo não era uma estrada...

— Deve ter havido uma guerra nuclear — brincou Martina. Não foi engraçado. Martina não era uma pessoa engraçada.

Mário deu uma brecada brusca; logo depois de uma lombada, havia um caminhão parado no meio da pista com o motor desligado. Um perigo.

— VEADO! — Mário gritou assim que ultrapassamos.

Na reta, vários caminhões parados. Por que não usam o acostamento? Os motoristas nem se mexiam quando passávamos buzinando.

— Vai ver é alguma greve — disse Martina.

Numa curva, um carro atravessado impedia a nossa passagem; só dava pelo acostamento. As pessoas dentro dele também não se mexiam. Mário aproximou o carro e abaixou o vidro. Era uma família de japoneses.

— Estão procurando a estrada pro Japão? — ele perguntou. Também não foi engraçado. Naquele dia, ninguém conseguia ser engraçado.

Os japoneses nem ligaram. Continuaram imóveis. Muito imóveis. Como manequins. Estátuas. Estranho... Descemos do carro e ficamos do lado, olhando. Por que não se mexiam? Encostei no motorista e... estava completamente duro. O que era aquilo?? Encostei de novo. Nem quente, nem frio. Corpos de borracha. Mas tão perfeitos? Aquilo é que não tinha a menor graça. Nem sentido. Minha cabeça dava voltas tentando achar explicações. Naquele instante quis que tudo fosse apenas um pesadelo. A voz de Mário mostrou que não era.

— Claro que é um corpo humano!

— Duro??

— Sei lá! Que loucura...

Não respiravam. Não reagiam a nada. Não piscavam. Imóveis, com os olhos bem abertos, mas imóveis. O que era aquilo? Corpos humanos duros, sem mexer um milímetro sequer. Loucura.

Seguimos viagem, perplexos. Mais caminhões parados, batidos, atravessados, com motoristas duros, estátuas, perfeitos corpos humanos absolutamente paralisados. Um fenômeno extraterreno? Uma guerra bacteriológica? Gás paralisante? Um absurdo! Loucura.

POLÍCIA RODOVIÁRIA FEDERAL

A 500 METROS

No acostamento, havia um policial caído, com uma lanterna na mão. Duro, como todos os outros. O braço esticado, apontando a lanterna para o céu. Sua expressão era serena, normal. Tudo ao redor parecia normal. Exceto pelo corpo petrificado. Entramos na cabine. Devagar, olhando para todo lado. Havia outro policial, sentado em frente a um aparelho de rádio, com o microfone na mão. Ironicamente, ele parecia rir. Um guarda rodoviário, duro, rindo, com um microfone na mão. O que aconteceu? Inacreditável. O rádio chiava. Girei o sintonizador. Em todas as frequências, chiado, nada, ninguém.

Dos fundos, um barulho de passos. Num gesto rápido, Mário pegou a arma do policial.

— Larga isso! — falei sem ser atendido.

A manivela da porta dos fundos se mexeu. Mário se protegeu atrás de uma mesa em posição de tiro. A porta se abriu. Era Martina.

— Que coisa maluca! Todo mundo virou estátua?

De volta à maldita estrada, eu passei a dirigir. Mário, com o revólver na mão, olhava fixamente para fora. Estávamos todos nervosos. Ele disse que a arma era uma precaução. Contra o quê? Contra quem? Meu Deus, o que estava acontecendo?! Martina começou a contar. Ela era uma grande contadora de histórias.

— Uma vez vi um filme, se não me engano com o Charlton Heston fazendo o papel de um químico; acho que se chamava *A última esperança da terra*; ele injetou em si mesmo a vacina contra radiação que tinha inventado. Acho que era contra radiação. Uma bobagem. Mas o interessante é que, depois disso, estourou uma guerra nuclear e só ele sobreviveu. Aliás, sobreviveram também uns sujeitos deformados, cegos, que perambulavam pela cidade. Iam morrendo aos poucos. Os últimos sobreviventes. Mas atacavam o Charlton Heston. Não me lembro por quê. Então, ele passou a viver sozinho e armado — concluiu olhando para o revólver de Mário.

Viver sozinho. Como? Ela continuou:

— Tinha outro filme. Bem antigo. Preto e branco. A mesma história. Uma guerra nuclear matou todo mundo e só sobrou um sujeito aficionado por livros. Ele ficou andando até encontrar uma biblioteca enorme. Aí, ele se trancou nela, feliz da vida, sentado em cima de pilhas de livros. Só que ele pisou sem querer nos óculos. Sem querer. E sem eles, ele não conseguia ler. Imagine, quebrou os óculos...

— E como é que acaba? — perguntei.

Ela deu um tempo. Tentou se lembrar do final. Até que se virou e disse:

— Ah, Rindu, sei lá!

Pena. Eu tinha gostado da história. Queria saber o final.

— E eu não sou o Charlton Heston — resmungou Mário.

Tentei pensar racionalmente. Tomamos alguma droga e estamos tendo alucinações, visões, uma loucura qualquer. Ou então estamos ainda na caverna imaginando tudo isso. Ou então estamos mortos. É possível. Vai ver, morte é isso. Talvez tenhamos entrado numa outra dimensão que tenha modificado o tempo. Para os outros é normal. Para nós é superacelerado. Tão acelerado que vemos o mundo parado. O tempo curvo.

Estamos mortos, intoxicados por algum tipo de gás.

BEM-VINDOS A SÃO PAULO

Não havia nenhum movimento.

— Merda! Merda! — foram as melhores palavras que Mário conseguiu dizer.

— Vai devagar! — alertou Martina apontando para o farol vermelho.

Parei na faixa. Não passou nenhum pedestre. Nenhum carro também. E aquele lugar era bastante movimentado. Arranquei quando acendeu o verde. O farol estava funcionando. As luzes de algumas casas também. Os postes de iluminação estavam acesos. Eletricidade. Mas ninguém nas ruas. Comércio, bancas de jornal, tudo fechado, esquinas desertas, um silêncio estrangulador.

Uma cidade de presente.

Subimos a avenida Rebouças. Os poucos carros que víamos na rua estavam parados; os motoristas petrificados. Como aconteceu tudo aquilo? Por quê? Na avenida Paulista, nada se mexia. Nada! Parei o carro na frente do Conjunto Nacional. Desliguei e desci, seguido pelo casal. Parecia outra avenida, sem o típico movimento. Parecia outra cidade, outro mundo. O vento batia forte, contínuo. Dava para ouvir o barulho do sapato no asfalto. Algumas folhas voavam sobre o chão. Ninguém. Ao longo de toda a avenida avistava os faróis mudarem de cor automaticamente. Mudavam ao mesmo tempo, uns para verde, outros para vermelho. O grande relógio digital, instalado no topo de um edifício, marcava onze horas. Estranho, mas aquele relógio ficava desligado durante o dia. Mário tocou a buzina e gritou:

— TEM ALGUÉM AÍ??

Pausa. Ninguém respondeu.

Martina comentou que o "fenômeno" deveria ter acontecido durante a noite. Por isso os poucos carros nas ruas, as luzes acesas, o guarda rodoviário com a lanterna na mão, o relógio digital...

— Será que esses carros funcionam? — perguntei.

— Tudo nessa cidade funciona — Mário respondeu.

— TEM ALGUÉM AÍ?? — gritaram.

Pausa. Ninguém.

— TEM ALGUÉM AÍ?? — gritamos.

Fazer o quê? Não era possível aquilo estar acontecendo. Não tinha a menor lógica. Uma cidade abandonada. Ninguém. Pessoas duras, petrificadas, raios paralisantes, morte, tempo superacelerado...

O que fazer?

Mário foi até a casa de sucos que ficava aberta dia e noite. Me chamou lá de dentro. Acabei indo. Ele me ofereceu uma lata de cerveja; gelada. Eu odiava cerveja e ele sabia disso. Tudo bem. Peguei por educação.

— O congelador está cheio e funcionando — ele me explicou.

Havia um forte cheiro de frutas podres. Várias moscas sobrevoavam o balcão. Algumas pessoas duras seguravam copos já embolorados. Estavam apoiadas no balcão. Outras estavam no chão, como estátuas caídas. Aquilo era estranho. Comecei a ficar muito deprimido. Não era possível...

Num canto, uma menina parada na frente de um cartaz. Devia estar lendo. Seus olhos se mantinham fixos. Será que está pensando? Falei no seu ouvido:

— Se você estiver ouvindo dê um sinal qualquer.

Lembrava uma pessoa em coma profundo, só que de pé e de olhos abertos. Se equilibrava nos próprios ossos; se eu a empurrasse ela cairia. Coloquei meu dedo no seu lábio. Completamente seco. Parecia borracha. Falei no ouvido dela novamente:

— Se você estiver ouvindo, morde meu dedo, mexe o lábio...

Nada. Ela não mordeu, ela não fez nada.

— O que você está fazendo?! — reprimiu Martina me vendo com o dedo na boca da menina.

Ao sairmos, Mário pegou uma pedra grande e atirou com toda a força contra a vitrine de um banco. O vidro se estilhaçou com um estrondo enorme.

— Você está maluco!? — gritou Martina.

Ele se esquivou e, passando por mim, disse:

— Sempre quis fazer isso.

Mário me deixou em casa; meu sobradinho em Pinheiros. Combinamos nos encontrar mais tarde. Ao abrir a porta, vi aliviado que tudo estava no lugar. A luz da sala acendia, a geladeira ainda funcionava. O gás, que era de rua, foi suficiente para fazer um café. Eu era fanático por café. Em seguida, o gás parou de sair.

Estava ainda angustiado com aquilo tudo. Mesmo assim, fiz um lanche. Subi para tomar um banho e desci limpo. Deitei no sofá, exausto. Não sabia em que pensar: nos dias preso na caverna, na cidade abandonada, nas pessoas duras, nos caminhões batidos. Era ridículo o que estava acontecendo. Ridículo! Parecia um sonho confuso e louco. Tive a sensação de que, se eu dormisse, tudo voltaria ao normal e eu iria rir muito daquele sonho confuso e louco. Dormi.

Algumas horas depois, fui acordado com uma batida na porta. Eram Mário e Martina. Ela passou feito uma bala, subiu e se trancou no quarto. Não era um sonho confuso, nem louco.

— Eles estavam deitados, dormindo — disse Mário se atirando na poltrona e estirando a perna em cima da mesa. — É muito estranho. Teve uma hora que eu ri, vendo o pai dela no banheiro, sentado na privada, durinho, durinho. É muito estranho. Não fiquei triste. Até ri. É muito absurdo. Eu ri de nervoso. Martina sim, ficou chocada. Eles não morreram. Só estão lá, duros. Meus pais e os dela. Minha empregada e a dela. Mas a minha casa estava normal. A dela também.

— Aqui também — disse. Mas meus pais, em Sorocaba...

Pausa. Olhou na direção da escada, como que procurando Martina.

Levantou e ligou a TV. Girou o botão de canais. Todas as estações fora do ar. Desligou e pegou a xícara de café já velho. Deu um gole e reclamou:

— Que café ruim! Você nunca vai aprender a fazer café?

Mais tarde, esquentamos alguns enlatados numa fogueira improvisada. Mastigávamos cuidadosamente, pois vínhamos comendo muito pouco até então. Antes de escurecer, demos uma volta pela cidade. Era incrível: nem uma alma viva se movendo. Luzes de outdoors piscando, painéis de neon acesos, propaganda de cigarros, de carros, de calcinhas. "Um prazer de fumar"... "Viaje bem"... "A decisão inteligente"... Que situação mais imbecil. Pensávamos em todas as possibilidades. Deus se irritou com o destino da Humanidade e castigou todo mundo, esquecendo três idiotas que se perderam numa caverna.

— Eu não acredito em Deus — disse Mário.

— Por isso você foi poupado — eu disse.

— Existem mais pessoas que não acreditam — falou Martina compenetrada. Ela tinha levado a sério.

O céu escurecia sem se importar com o que acontecera. Respirei fundo.

— Se eu contasse, ninguém ia acreditar — falei.

— Contar pra quem? — Mário perguntou.

Ele também estava sério.

Dormimos os três na minha casa em Pinheiros. Não os convidei, nem os expulsei. Eu também tinha decidido ficar sério.

Estava amanhecendo quando comecei a ouvir os berros da gata que sempre trepava no meu telhado. Eram berros que se confundiam com choro de criança. Miava alto até arranhar sua pequena garganta num orgasmo comprido. Não sei por que escolhia sempre o meu telhado.

O que esta gata está fazendo aí!?

Me levantei correndo e fui até o quarto de Mário, que dormia abraçado a Martina.

— Tem um gato lá fora! O mesmo gato de todas as noites...

— Vá dormir... — ele reclamou.

Desci até o portão. Esperei por um outro miado que não veio. Sondei o telhado. Procurei debaixo do carro. Parei quando ouvi vários pássaros anunciando a manhã. Gatos, pássaros. O pesadelo acabou.

Ansioso, entrei no carro e fui até o Centro. O pesadelo não acabara. Cruzei com muitas pessoas ainda duras. O mesmo de antes. Na Praça da Sé, parei. O céu estava limpo e claro. Elas estavam ali, milhares delas, voando desordenadamente por entre postes, telhados, árvores, bancos, pombais. Estavam vivas, provavelmente como todas as pombas da cidade. Dei um grito, provocando uma revoada barulhenta.

A praça estava estranha, sem os vários camelôs, office boys apressados, pastores pregando, índios brincando com cobras, executivos com medo de ser assaltados, velhinhas reclamando de tudo, policiais desconfiando de todos, pivetes assaltando todos. Por alguma razão, a fonte continuava ligada, espirrando jatos de água azuis, vermelhos, amarelos. Azuis, vermelhos, amarelos.

Estava olhando para os mendigos duros nos bancos quando os sinos da Catedral deram seis badaladas. Me assustei. Seis horas da manhã. As pombas ficaram histéricas. Os mendigos nem se mexeram. A porta principal da igreja estava fechada. Caminhei pela lateral e encontrei uma pequena entrada. Diante do altar, um homem ajoelhado rezava. Duro. Devia estar cansado de tanto rezar.

— Espero que adiante alguma coisa — falei dando--lhe tapinhas no ombro.

Estava escuro. Subindo as escadas que levavam à torre pude ler, numa caixa de força, que os sinos eram automáticos.

Ao redor, muitos vitrais, bancos, imagens de madeira e um crucifixo com a figura de Cristo exprimindo... paz? Estranho, um sujeito pregado numa madeira, com sangue escorrendo, um arame farpado na cabeça, exprimindo... paz. Estranho.

Saí pela porta da frente, destrancando tudo, abrindo tudo. Os portões da... paz.

Fiquei um bom tempo circulando pelo Centro Velho. Pátio do Colégio, Largo de São Bento, Vale do Anhangabaú. Não havia ninguém. Merda! Muitos mendigos deitados nos bancos. Na rua Major Sertório, boca do luxo, a coisa estava mais "quente". Luminosos ainda chamavam para shows de striptease, sexo total, explícito, garotas lindas, topam tudo, tiram tudo, cobram tudo. Passou pela minha cabeça a imunda ideia de colocar um cartaz daquele no altar da Catedral. Algumas prostitutas duras estavam nas calçadas, extravagantes e explícitas e solícitas e abandonadas. Pobres coitadas: nenhum cliente. Porteiros duros não barravam ninguém. Pobres coitados. Perto do hotel Hilton, tive de ir pela contramão, pois os carros no meio da rua impediam a passagem. Era o ponto dos travestis.

Desci pela avenida Tiradentes desrespeitando os faróis vermelhos. Na ponte, saí do carro. Me apoiei no parapeito para observar o barrento rio Tietê se movendo lentamente. Era bom ver o movimento do rio. Imaginei as grandes hélices de uma hidrelétrica empurrada por milhares de metros cúbicos de água, transformando o movimento em eletricidade. Linhas de transmissão, postes, transformadores, fios, lâmpadas, luz. Essas gotas barrentas transformadas em neon, painéis luminosos, telas de TV, frigoríficos, som. Fiquei por um bom tempo olhando o rio. Era tão feio, tão feio, que ficava bonito. Eu não era um cara de bom gosto.

Voltando pela mesma avenida, vi uma placa:

COMANDO TOBIAS DE AGUIAR — ROTA

A polícia de elite de São Paulo. Um casarão antigo que lembrava um forte, ou um castelo, ou sei lá o que lembrava aquilo. Tudo, menos departamento de polícia. Um frio na espinha. Sempre tive medo de polícia. Atravessei a guarita e estacionei o carro num pátio cheio de "viaturas". Os guardas com metralhadoras pareciam estátuas de chumbo, por causa dos uniformes cinzentos. Todos duros. Caminhei sem nenhum objetivo específico, xeretando as salas com apreensão. Investigadores velhos e barbados, sentados, lendo jornal, rindo de alguma piada estúpida ou contando as "proezas" da última ronda. Usavam óculos escuros e, na cintura, uma arma. Eram todos idênticos; deviam ser feitos em série. Numa sala, um oficial jogava paciência. Não sei por quê, peguei os ases abertos sobre a mesa e os rasguei.

A gasolina do carro de Mário estava na reserva. Havia vários camburões cinza da ROTA estacionados. Um deles tinha talas largas e era novinho em folha. A chave estava no contato. Se eu pegar esse carro serei um ladrão. Mas quem vai me prender? Dei a partida e arranquei. Foda-se! Embaixo do volante, um botão. Voei pela avenida com a sirene ligada. Agitação na cidade deserta.

— Cadê meu carro? — perguntou Mário com cara de sono.

— Lá no Centro.

— Você está brincando — ele se indignou.

— Tem um monte de carros por aí dando sopa. Temos à disposição até as fábricas: Ford, General Motors...

— Eu quero meu carro, porra!

Temi levar uma porrada.

— Eu estava sem gasolina — foi a minha desculpa.

— Tem um monte de postos dando sopa — ele revidou. — Shell, Esso, Petrobras...

Ficou examinando a Veraneio. Abriu o porta-luvas e revirou tudo. Tirou um saquinho e jogou para mim, dizendo:

— Agora você tem o que fazer.

Era maconha. Abriu a traseira da "viatura" e puxou uma caixa metálica. Dentro: duas metralhadoras, vários pentes de bala, granadas de gás, revólveres, coletes à prova de balas, um verdadeiro equipamento antimotim. Ele pegou a caixa, sem cerimônia, e levou para dentro.

— Agora você tem o que fazer — devolvi.

Enquanto eu fechava o carro, Martina apareceu. Também com cara de sono, perguntou:

— Você viu alguém?

— Não. Só pessoas duras. Estátuas, iguais às outras.

Ela bocejou, esfregou os olhos, olhou para o céu e me perguntou:

— O que você acha?

— Eu? Não acho nada. A cidade está deserta. Como se todos tivessem ido embora.

— Meu Deus... — ela lamentou.

Olhando para o carro, comentou:

— Você pode ser preso por roubar isso.

— Eu conto tudo pra eles.

— Ah, e eles acreditariam? — ironizou.

Ela tinha roubado minha frase.

Li na contracapa de um livro de poesias:

"A vida está na concretude da merda que move o
                                            /mundo
A vida está na indústria impulsionada a sangue
                                            /humano
A vida é comer e cagar. E logo preciso comer de
                                            /novo
Ou encontrar com quem fazer amor
Ou participar da matança geral, ou esfolar um
        /porco. Qualquer coisa que me ponha em
            contato com a vida chamada real..."

A vida... Havia uma pequena foto da poetisa. Maria Rita, uma menina bonita, cara de garota, com os cabelos escorridos, loiros. Muito bonita. Como uma menina tão bonita podia escrever "comer e cagar, esfolar um porco"? Era bonita e rude.

— O que você fez essa manhã? — Martina me perguntou.

— Descobri que não estamos sozinhos — respondi. — Eu fui de manhã para a Praça da Sé e vi pombas, milhares de pombas. Gatos, pássaros, pombas...

— Só hoje você percebeu? — interrompeu Mário tomando o seu lugar na mesa. — Você não se lembra dos mosquitos na loja de sucos, nem das vacas pastando?

— Está quente, muito quente — reclamou Martina mudando de posição no banco do carro.

Era verão e estava muito abafado; daqueles dias em que não há nenhum vento. Descíamos uma das alamedas dos Jardins, que de jardim tinha só uma meia dúzia de árvores e centenas de arranha-céus. Gritávamos:

— TEM ALGUÉM AÍ!!!?

Nada.

— TEM ALGUÉM AÍ!!!?

Ninguém. Tudo era mesmo absurdo.

Rodávamos devagar, gritando ou tocando a sirene. Andar num carro de polícia nos deixava tranquilos: nenhum louco iria nos atacar; pelo menos, achávamos que não. Mas estávamos tensos, principalmente quando dobrávamos uma esquina. Ninguém sabia o que podia encontrar na frente. Já no Jardim América, onde existem mais casas que prédios, ouvíamos vários cachorros latindo desesperados. Há quanto tempo estariam sem comer? Martina queria parar e soltar todos eles. Impossível. Iríamos ficar dias soltando os cachorros de toda a cidade.

Fomos até a Lapa, passando pela avenida Heitor Penteado. Paramos num mirante de onde avistávamos um bom pedaço da cidade. Silêncio. Vento. Pássaros. Nada mais. Um cemitério. Casas em vez de jazigos. Nada mais. Bem ao longe, a rabeira da pista do aeroporto de Congonhas.

— A gente podia sobrevoar a cidade com um avião — sugeriu Mário.

— Você sabe pilotar?

Ele não respondeu. Responder por quê?

— A bomba de nêutrons não tem esse efeito? Mata as pessoas e deixa as construções intactas? — perguntou Martina.

— Mais ou menos — respondeu seu namorado. Quando ele respondia a uma pergunta com "mais ou menos" era porque não estava com saco de responder.

— Ela também mata os animais — respondi.

Continuamos um bom tempo olhando a cidade, incrédulos. Casas em vez de jazigos. Por quê?

— Se eu contasse, ninguém ia acreditar... — resmungou Mário.

Mais um ladrão de frases. Podiam inventar outra!

No, não temos bananas.

Nem abacaxis, maçãs, uvas, peras. Nem verduras que prestassem. A maioria estava podre. Tínhamos cereais, enlatados e congelados. O tempo não foi suficiente para derrotar a grande indústria de conservantes, acidulantes 1, 2 ou 3. Já as frutas e verduras...

Entramos no shopping center Eldorado, o "mundaréu das compras". Cheiro de comida podre por todo lado, escadas rolantes desligadas, prateleiras e lojas entregues a fantasmas, guardas e vigias duros caídos no chão: como é que a gente podia se acostumar a uma coisa dessa? Fomos enchendo os carrinhos com massas, leite em pó, enlatados, queijos, bebidas, hambúrgueres e congelados de todas as espécies. Mário, com uma metralhadora no ombro, preferia chamar de "mantimentos". Parecia viver em estado de guerra, tenso, sondando todos os cantos e com uma pressa injustificada. Às vezes ele ficava assim. Era um cara intranquilo.

Me cansei de carregar tantos produtos e fui dar uma volta. Subi até o último andar e de lá avistava todo o shopping. Era muito feio. Imaginei que, se dali a 5 mil anos existisse uma outra civilização, ainda haveria excursões de turistas curiosos em conhecer as várias etapas da história da raça humana. Primeiro visitariam as misteriosas pirâmides do Egito. O homem primitivo. Em seguida fariam visitas aos shopping centers, para conhecer o auge de uma sociedade "arcaica", quando um curioso papel chamado "dinheiro" determinava o que o cidadão da época poderia ter ou não ter. Uma variedade enorme de produtos seria exposta em prateleiras, como nas bibliotecas. A estátua de uma típica dona de casa, em frente de uma prateleira, simbolizaria a dúvida entre um sabão em pó que faz bolinhas e outro que deixa mais branco. Bolinhas ou brancura? Que dúvida! O que deixaria esses visitantes do futuro mais excitados seria a forma de pirâmide do shopping center Eldorado, a mesma dos monumentos do Egito. Os guias falariam da genialidade da engenharia do século XX e da antiguidade.

— Ô, RINDU! RINDU!

— Calma, estou aqui! — respondi ao chamado de Mário. Ele estava nervoso; subiu as escadas correndo.

— Porra, cara! Você some! — reclamou apontando a metralhadora para mim.

— Você sabe mexer nisso? — perguntei, olhando a arma.

— Não. Mas aprendo.

Olhou para mim e perguntou:

— O que você está fazendo aqui?

— Nada.

Desci para ajudar. Xampus, sabonetes, pastas de dente e mais bobagens. Um aparelho de videocassete, uma grande televisão, fitas de vídeo. Tinha tanta coisa que nem sabia por onde começar. Avistei Mário, na sala da administração, sentado numa mesa cheia de telefones. Telefones??? Corri para ajudá-lo. Davam linha. Mas discávamos um número e não acontecia nada: dava linha novamente. A ligação não se completava. Que merda!

— O técnico da Telefônica deve estar duro — disse desistindo.

— Essa porra é computadorizada. Tudo automático. Não existe nenhum técnico — ele disse discando números sem a menor lógica. Testava outros telefones e não acontecia nada. Uma pena. Falaríamos com Tóquio se pudéssemos. Buscar alguém que explicasse o que acontecera e, principalmente, saber se existia alguém. Desistimos. Merda!

Descemos até o térreo para guardar os "mantimentos" no carro. De repente, ele se virou para trás e disparou a metralhadora em direção à seção de bebidas. Pipocou vidro por todo lado. O estrondo permaneceu ecoando, enquanto vários tipos de bebida escorriam pelo chão. Cacos de vidro ainda rolavam quando percebi que o alvo fora um gato. Me deu ânsia de vômito.

— Eu me assustei — ele se defendeu.

— Você está completamente louco! — bronqueou Martina vindo assustada em nossa direção. — Maluco!

— Não enche! — gritou para ela. Depois, virou-se para mim, me apontou a arma e disse: — E você fica fora disso!

Eu não tinha dito nada. Ele deu meia-volta e foi embora. Estávamos todos nervosos.

Descarregamos os "mantimentos" na minha casa. Mário sumira. Não esperamos por ele. Eu e Martina voltamos do shopping e organizamos tudo. Comida na geladeira. Um botijão de gás para o fogão. Mantimentos nos armários. Montei o equipamento de vídeo na sala, selecionando as melhores fitas. Fui tomar um banho enquanto ela cozinhava. Com a comida já na mesa, esperamos por Mário. Ele não apareceu. Quando a fome apertou decidimos comer e abrir uma boa garrafa de vinho. Assistimos a um filme de gângsteres. Rajadas de metralhadora do começo ao fim. Eu sorri para Martina. Ela sorriu para mim. O filme acabou. Disse "boa-noite" e fui dormir. Ela fez o mesmo. Mário não apareceu. Era um cara muito intranquilo. Muito.

Eu e Mário nos conhecemos há muito tempo. Há uma porrada de tempo. Não lembro exatamente quando. Nascemos em Sorocaba. Passamos a infância na mesma rua, a Humberto de Campos. Disputávamos os campeonatos de duplas de carrinhos de rolimã: ele nos pedais, eu no impulso e contrapeso. Voávamos sobre o asfalto numa frágil estrutura de madeira, de olho nos adversários e nos buracos da pista. Nunca chegamos em primeiro ao fim da ladeira. Nunca ganhamos uma corrida. Foi a minha primeira lição de vida: nem todos nasceram para campeão. Nem todos.

Estudamos no Estadão, colégio convencional da comunidade classe média de Sorocaba. Eu era um aluno mediano, com um comportamento mediano, desses que se um dia encontrasse a professora no meio da rua não seria reconhecido. Já Mário era do tipo que não obedecia às ordens nem às regras. Achavam que ele era revoltado; um exagero. Uma vez quase foi expulso por fumar escondido no banheiro; ele tinha 10 anos. Seu comportamento era como o de um garoto mais velho: vestia calça justa, usava sempre óculos escuros e fumava o tempo todo; ele tinha 10 anos. Fazia propostas amorosas para algumas alunas, se correspondia com uma atriz de televisão e vivia com revistas de sacanagem; ele tinha 10 anos. Talvez fosse mesmo um revoltado. Mas era um bom sujeito. Todos gostavam dele. Um dia entrou uma aluna nova. Roberta, uma garota muito alta que parecia ter três anos a mais do que nós. Lembrava uma personagem de história em quadrinhos de tão alta. Mário se apaixonou. Ela não deu a menor bola para ele. Ele passou a se dedicar aos estudos para chamar a atenção dela. Mas não conseguiu nada. Chegou a me confessar que o que mais o atraía era a estatura da garota. O dia em que Roberta foi embora de Sorocaba (seu pai fora promovido), Mário foi até minha casa e chorou. Era um cara sensível. Foi quando ele me pediu para nunca abandoná-lo. Eu prometi. Faz tanto tempo...

Não conheço um momento da minha vida em que Mário não tenha estado presente. Aos 15 anos decidimos nos desvirginar. Uma resolução histórica, após duas exaustivas reuniões em que consumimos um maço de cigarros roubado do pai dele e uma garrafa de licor de menta. Tomamos a tal deliberação com o auxílio de fotos de mulher pelada, um manual sobre educação sexual, uma palestra dada por Mário sobre a relação sexo-adolescência e uma exposição minha a respeito das dificuldades de se arrumar uma parceira. Fizemos uma lista com todas as possibilidades.

— Carla ainda é uma criança. Acho que ela não topa, além do fato lamentável de ser virgem.

— Como você sabe? — perguntei desconfiado.

— Pela postura, seu jeito de sentar. A mulher que já realizou alguma experiência sexual seguida de coito introdutivo, quando senta com um copo na mão, não o coloca sobre a mesinha ao lado — dizia representando. — Ela coloca o copo entre as pernas.

— Qual é a diferença? — perguntei.

— Símbolo fálico — respondeu com um ar de mestre no assunto. — Já li sobre isso.

Era um cara bastante esperto, ou pelo menos me enganava direitinho. Havia a possibilidade de escolhermos uma prostituta. Mas seria a última carta do baralho. Continuávamos a lista:

— A Andreia é fiel ao Antenor.

— A Paulinha é muito espinhuda.

Naquela época, ser espinhuda era um dos piores defeitos.

— A professora de Geografia...

— Você está maluco? — perguntei indignado pela mente suja de Mário.

— Ouvi dizer que ela transou com um cara do primeiro colegial.

— Duvido! Ela é professora, não ia fazer isso — respondi defendendo a minha professora preferida. Mas era verdade. Tanto que, anos mais tarde, pegaram os dois se amassando na sala dos professores. Foram expulsos da escola. Além de boa professora, ela era muito romântica; foi o que me garantiu o cara do primeiro colegial, antes de ser descoberto e expulso. Nunca aprendi tanto Geografia como com aquela professora romântica.

— A filha do dono da padaria — continuou Mário a lista.

— Quem?

Foi ela, depois de um mês de trabalho duro para convencê-la. Dissemos que ouvíamos boatos a respeito de sua frigidez, e que isso era doença. Mesmo sem saber o que significava a palavra frigidez e preocupada com sua "doença", ficou alguns dias perturbada, até nos provar o contrário no forro da padaria.

Aparentemente, me senti outro homem depois do ato. Mas, no fundo no fundo, aquilo mais me deprimiu do que outra coisa. Principalmente porque a menina continuou acreditando que era doente.

Depois de termos nos desvirginado, percebemos que não havia mais nenhum grande problema para ser resolvido em nossas vidas. E isso era um problema muito sério. Passamos a frequentar a fábrica de sabão abandonada para colecionarmos conversas sobre a nossa situação existencial. Nunca chegamos a nenhuma conclusão. Mas era um lugar bonito, afastado da cidade, afastado de tudo. Ficávamos horas olhando para o céu, deitados no grande gramado, reclamando do tédio, fazendo planos para o futuro, reclamando da solidão da adolescência e de como éramos infelizes fora daquela fábrica abandonada. Éramos muito infelizes. E solitários. De uma coisa tínhamos certeza: não iríamos mofar naquela cidade. Isso não.

Num domingo, Mário jogava sinuca no shopping Scarpa. Ele era fera em sinuca. Eu ficava do seu lado, só admirando. O sujeito que perdeu o jogo ficou revoltado pela humilhação e chamou a sua turminha. Insinuou que nós éramos "veados" por estarmos sempre juntos. Brigamos.

Mário jogou um deles contra a vitrine de uma livraria. Eu mais apanhei que bati. Depois daquele domingo, sair de Sorocaba passou a ser questão de honra.

Mário ganhou a parada: seu pai foi remanejado para São Paulo e toda a família se mudou. Nos despedimos na noite anterior, deitados no gramado da fábrica de sabão abandonada. Estávamos tristes. Quase não falávamos. Olhávamos para o céu estrelado e pensávamos: é a vida. Num dado momento ele falou, sem tirar os olhos das estrelas.

— Antes, imaginavam que o universo era estático. Mas não. Já se sabe que ele está em expansão. Houve uma explosão e ele está em expansão.

Olhou para mim e disse mais uma vez:

— O universo está se expandindo.

Continuei olhando para as estrelas. Caiu uma lágrima do meu olho. Caiu uma estrela. É a vida... Ele se foi.

Passei a sentir muita falta do amigo e muita inveja. Ele estava estudando num colégio de nível, se preparando para entrar numa faculdade. Até que comecei a perturbar os jantares da minha família. Vocês estão me tornando um homem sem futuro! Um dia joguei a cartada final: iria fazer cursinho em São Paulo para tentar entrar numa faculdade de Direito. Isto emocionou meu pai: um advogado na família.

Uma estrela em expansão. No ano seguinte, eu estava morando numa pensão na Bela Vista, São Paulo, matriculado no cursinho universitário, na mesma classe que Mário. No princípio me instalei num quarto grande, com três beliches onde, além de outros estudantes, moravam figuras estranhas, que estavam sempre isoladas. Figuras de poucas palavras e muitos mistérios: parecia que fugiam da polícia. Quando vagou um pequeno e úmido quarto no porão, insisti com o dono da pensão sobre a necessidade de um futuro advogado ter o seu próprio espaço.

Prometi que, assim que me formasse, iria defendê-lo durante cinco anos sem cobrar nada. Encantado com a possibilidade de ter um advogado, mesmo sem nunca ter precisado de um em toda sua vida, ele concordou.

Passei para o pequeno quarto de duas camas, um armário grande com um espelho quebrado, uma mesa de fórmica vermelha, uma cadeira e um rádio. Estava ótimo. Acho que foi a primeira vez que me senti dono de mim mesmo. Na primeira noite, me lembro de mal ter conseguido dormir, tamanho o número de possibilidades que se abriam.

Mário passou a dormir com frequência na outra cama. Com o rádio a mil, aquele pequeno mundo se transformou numa pista para a decolagem das nossas fantasias. Se não entrássemos na faculdade, poderíamos assaltar bancos, sequestrar filhas de milionários, montar organizações guerrilheiras, ser figuras estranhas, de poucas palavras e muitos mistérios.

Esta guerra invisível começou com o roubo de placas de trânsito. "Proibido Estacionar", "Dê a Preferência", "80 km/h", "Respeite a Sinalização"...

Meus dias eram quase sempre iguais. Assim que acordava, enfrentava uma fila no único banheiro da pensão. Quando não tinha saco para esperar, me lavava num tanque de água gelada que ficava ao lado do quarto. Em seguida, tomava café da manhá na companhia de outros hóspedes (estava incluído no preço). Ia para o cursinho a pé, caminhando umas cinco quadras. Assistia às aulas, almoçava um sanduíche por ali mesmo e passava as tardes andando sem destino, descobrindo a cidade. Quase todos os dias me perdia, até que percebi que não havia nenhuma lógica nas ruas e avenidas de São Paulo. Com o tempo percebi que o próprio bairro da Bela Vista não tinha a menor lógica. Moravam desde negros descendentes de escravos a imigrantes italianos, que se estabeleceram ali com as melhores cantinas da cidade. Vários cortiços; num deles moravam só travestis. Várias bocas de fumo, escritórios de multinacionais, muitos colégios, muitos mendigos, prostitutas solitárias, drogados.

À noite sempre jantava na pensão (também incluído no preço), trocando olhares com a filha do dono, que nos servia. Ela era cafona mas gostosa. Usava um batom preto que me impressionava muito. Foi a primeira mulher que vi usando um batom preto. Era uma pessoa enigmática: só aparecia na hora do jantar. Eu tinha curiosidade de saber o que ela fazia o resto do dia, mas o máximo que conseguia era olhar para ela entre pratos e talheres.

Um dia cheguei tarde na pensão e, ao tentar abrir a porta do quarto, vi que estava trancada. Subi para a sala de tv e esperei. Depois de quase uma hora, passou apressada a menina do batom. Mais atrás, noutro ritmo, veio Mário. Foi quando descobri que em nossa amizade havia uma diferença fundamental: ele tinha sorte com as mulheres. Talvez fosse um dom. No fundo no fundo, nunca tive muita competência no meu desempenho com uma mulher. Timidez. Complexo de inferioridade. Falta de talento. Sei lá. Isto me preocupou no auge da adolescência. Como me preocupou... Cheguei a pensar que eu podia ser um homossexual. Mas, com o tempo, aprendi que o que eu queria numa mulher não se encontrava a cada esquina. Aliás, acho que nunca se encontra.

Um dia fomos convidados para uma festa na casa de uma colega do cursinho. Era a filha do dono de uma companhia aérea que morava no Morumbi. Dois convites transados onde se lia em letras garrafais: traje a rigor. Alugamos a roupa numa loja barata de figurinos de teatro, pegamos um ônibus e descemos a duas quadras da mansão. Na porta, um bando de penetras era barrado por um porteiro elegante com um walkietalkie na mão. Duas Mercedes estacionadas em cima da calçada impunham respeito. Eu nunca tinha visto algo semelhante. Furamos o bloco de penetras, pedindo licença com voz firme. Mostrando os convites para o leão de chácara, Mário abusou:

— Avise por esse aparelhinho que já chegamos. Não precisam se preocupar.

Entramos e, já no fim do corredor, percebemos que éramos dois patinhos fora d'água: cara de burguês, burguês é! Ângela Sauer, a dona da festa, nos recebeu simpaticamente; ficamos à vontade. Garçons serviam bebidas e salgadinhos. Me servi de Ballantines com gelo. Numa das salas, música, umas pessoas dançando meio devagar. Vários grupinhos conversavam; pareciam animados; num deles, uns cinco sujeitos altos, loiros, queimados de sol. Eram caras fortes, que riam alto e tinham dentes lindos e brancos. Não eram homens. Eram robôs. Máquinas perfeitas. Provavelmente jogavam bem futebol, nadavam melhor ainda, esquiavam na neve, no mar, pulavam de paraquedas, voavam de asa-delta, surfavam. Fiquei deprimido e deixei Mário para trás. Fui até a piscina, onde havia pessoas menos perfeitas. Todos, de uma maneira geral, eram bonitos, o que confirmava uma antiga teoria minha de que a beleza é diretamente proporcional ao dinheiro. O céu estava limpo, estrelado. Fiquei caminhando pelo jardim. Desci por uma escada e fui dar numa quadra de tênis, cercada por umas árvores. Ao longe via a Marginal do Pinheiros e o contorno iluminado da cidade. Era uma bela vista. Fiquei com vontade de subir e perguntar à Ângela Sauer se por acaso ela, ou seu pai, tinham o costume de ir até a quadra de tênis para ver a vista. Era tão bonita.

— Não sou mais adolescente! — disse uma menina quase aos gritos, encostada no muro. Era um casal que discutia. Saí um pouco de lado, fingindo que não ouvia. O rapaz chorava.

— Você precisa crescer, parar de ser tão reservado — ela dizia meio maternal mas furiosa. — Não dá mais... Não dá mais!

Pegou a bolsa, deu meia-volta e saiu sem deixar rastro. Ele abriu um berreiro. Senti pena.

— Ô, RINDU! — alguém me chamava do outro extremo da quadra, debaixo de umas árvores mal iluminadas. — CHEGA MAIS...

Caminhei na direção da voz pulando por cima da rede. Ao me aproximar, percebi que eram cinco pessoas. No centro, Candi me apresentou:

— Este aqui é o Rindu, um colega do cursinho, surpreendente figura... — disse dando uns tapinhas irritantes nas minhas costas.

— Oi — murmuraram.

O que será que ele quis dizer com "surpreendente figura"? Eu nem conhecia o cara direito! Me passaram um cigarro aceso. Dei uma tragada que ardeu na garganta. Olhei o filtro à procura da marca.

— Isso é maconha — me alertou um deles.

— É claro que é maconha — eu disse. Nunca tinha visto, nem fumado. Traguei e continuei tragando, tragando...

Passei a observar a expressão de cada um. O mirradinho não parava de rir, balançando a cabeça constantemente. Ao mesmo tempo, Candi conversava com outra menina. A curvada era a que parecia mais entretida. O barbudinho... Era desses barbudinhos que falam sem parar, sempre com um ar de dono da verdade, mantendo um profundo desprezo pelo seu público. Era um idiota. De onde eu estava, dava para ver o contorno da cidade. Como era bonita! Me lembrei de perguntar à Ângela Sauer se ela ia lá, de vez em quando. De repente, a curvada pegou no meu braço e perguntou:

— Não é verdade?

Eu não tinha prestado atenção a uma só palavra.

— Só! — respondi para a felicidade do mirradinho.

Estava com muita sede e um pouco tonto. Saí da rodinha sem ser notado. Subi a escada, deixando para trás aquele debate inútil. Ao redor da piscina, as pessoas estavam mais animadas. Molhei meu rosto com um pouco de água e peguei mais um copo de Ballantines. Um rapaz dançava com elegância, com os braços bem abertos e o paletó desabotoado. Fiquei preocupado achando que ele poderia cair na piscina. Mas não. Ele girava sobre um eixo imaginário, numa combinação perfeita com o ritmo da música. Sua parceira, em compensação, era um desastre completo. Uma baixinha desengonçada que parecia ter os pés chumbados no chão. Dava pena. A festinha animava e mais e mais pessoas iam até a piscina, saltitantes e alegres. Pareciam pipocas. Tirando o rapaz do terno desabotoado, o resto era medíocre.

Encostado sem muito equilíbrio a uma mesa, acabei derrubando uns copos que se estraçalharam no chão. Saí de mansinho, atravessando o pátio, até entrar numa das várias salas da casa.

— Por que você está fazendo isso?

Olhei para trás; era novamente o casalzinho brigão. Desta vez, era ele quem perguntava e ela quem chorava. Que tédio... Percebi que a sala estava vazia; talvez quisessem deixar o parzinho a sós. Não sei por que continuei ali sem ser notado. Ele a acusava:

— Você se acha a dona da verdade, com esse ar orgulhoso! Mas não consegue enxergar que eu sou um cara diferente.

— No quê? — ela perguntou ironicamente.

— Qual que é? Desde quando você deu para desejar emoções, paixões? Você é uma garota mimada que devia fazer análise!

— PARA DE FALAR SÓ DE MIM! — ela gritou. Estava furiosa. Pegou a bolsa e disse: — Estou cheia desse papo!

Passou por mim esbarrando no meu braço. A bolsa caiu. Eu a peguei pedindo desculpas. Sem me encarar, tomou a bolsa e saiu. O rapaz se aproximou e disse alguma coisa que não entendi. Concordei com a cabeça. Não fazia diferença.

— Não é um absurdo? — perguntou.

— É. É um absurdo.

Passei para outra sala, onde vi Mário animado, conversando em uma roda, o centro das atenções. Me aproximei.

— Ah, ei-lo! Queria apresentar meu confidente mais sacana. Rindu.

— Oi! — murmuraram.

Ele estava bêbado. O que quis dizer com "confidente mais sacana"? Se apoiou meio torto no meu ombro e sussurrou no meu ouvido:

— Não vai roubar nada pois estou paquerando a dona da festa.

Foi quando percebi Mário segurando a mão de Ângela Sauer. Perdi a vontade de lhe perguntar se ela conhecia a vista da quadra de tênis. Olhando para uma parede cheia de quadros, Mário perguntou:

— Que retrato é aquele?

— Sou eu quando criança — respondeu Ângela sorrindo. — Um tio pintou.

Essa Ângela era realmente simpática.

— E aquela mulata, é a empregada? — Mário perguntou se referindo a uma pintura não muito antiga.

— Aquele é Di — respondeu Ângela.

— É o nome da empregada? — perguntei tentando ser simpático.

— Não. É Di Cavalcanti, um pintor.

Não falamos mais nada.

Jogaram alguém na piscina; a velha cena da festinha em que todo mundo cai na piscina. Fiquei fora dessa. Mário se amassava com Ângela Sauer num sofá. Percebi que ele tentava enfiar a mão por dentro da camisa dela. No canto, os mesmos cinco super-homens riam alto. Estavam na mesma posição. Voltei a ficar deprimido. Vi que poderia fazer o papel de palhaço e me atirar na piscina ou ir embora. Fiquei com a segunda opção.

Na porta, uma menina com pressa esbarrou em mim. Era a namorada chorona do garoto chorão. Estava chorando. Nervosa, reclamou:

— Você vai sempre se colocar na minha frente quando eu passar?

— Fui contratado para dar encontrões nas pessoas — respondi.

— Ora, eu tenho problemas demais. Vê se me esquece!

Ela estava bastante nervosa. Andávamos na mesma direção.

— Calma, já te esqueci. Não se preocupe: se um dia assassinar seu namorado, não vou te reconhecer.

— Qual que é?! Nem te conheço...

Deixei este "interessante" diálogo para trás e virei a esquina indo para o ponto de ônibus. Tinha pavor de pessoas nervosas.

A rua estava deserta. Dava para ouvir de longe o barulho da festa. Que festa... Não passava nenhum carro e era bem provável que ônibus só de manhã. Comecei a me arrepender de ter ido à tal festa. Esperaria meia hora, senão, iria a pé.

Parou um carro na minha frente. O vidro abaixou e, inclinando o corpo, vi que quem estava dentro era a garota da briga. Ficamos nos olhando por um tempo, até que ela falou:

— Não passa ônibus a esta hora.

— Eu só vou roubar este poste — respondi.

Ela abriu um sorriso bonito.

— Quer uma carona?

Aceitei.

Foi a minha primeira namorada. Nome: Cíntia Strasburguer, a menina com o sorriso mais bonito que já vi, filha do dono de uma cadeia de supermercados e a melhor amiga de Ângela Sauer; que também iniciou um romance com Mário. Foi uma época interessante: saíamos em pares pelos bares de São Paulo. Não existia uma grande paixão, apesar de Ângela ser uma garota muito simpática e Cíntia ter um sorriso muito bonito. Além da companhia, o que mais me atraía naquela história era poder dormir com a filha de um milionário numa cama de molas de uma pensão vagabunda. Creio que Mário pensava a mesma coisa. Da parte delas houve a mesma curiosidade: transar com dois sorocabanos que não pertenciam à aristocracia paulista. A luta de classes foi o ponto de partida do nosso relacionamento. Mas era bom. Cíntia era uma menina inteligente, cheia de ideias malucas e criativas. Passávamos horas falando de tudo, discutindo até os detalhes. Eu adorava discutir com ela. Não se entregava. Mesmo que eu conseguisse provar que ela estava errada, não se entregava. Era uma guerreira. Nunca queria perder. Finalmente, quando ela se cansava, abria o sorriso lindo. Comecei a achar que aquele sorriso era uma arma, pois eu sempre falava "está bem, você ganhou", só para vê-la sorrir novamente. Era um lindo sorriso.

Com o tempo as discussões foram ficando compridas e mais agressivas. Um dia, ela falou num acesso de raiva que eu era péssimo na cama. Fiz força para não me importar, mas acabei ganhando um dos maiores complexos da minha vida. Brigamos. Foi o fim. Em seguida, Mário acabou dispensando a coitada da Ângela Sauer, que não tinha nada a ver com a briga. "O povo, unido, jamais será vencido." O que mais lamentava era saber que não teria uma discussão daquelas tão cedo, nem veria um sorriso tão bonito. O universo em expansão... Mas isso foi há muito tempo.

Acordei cedo, um costume da minha vida interiorana: "A vida dura para quem cedo madruga", é o ditado. Abri a porta do outro quarto e vi que Martina dormia profundamente; sozinha. Mário ainda não voltara.

Fui dar uma volta na Veraneio. Tive um pensamento idiota: se estávamos numa caverna quando o "fenômeno" começou, poderiam existir outros sobreviventes, se é que posso dizer assim, nas profundezas da Terra. Era idiota, mas não custava sondar.

Debaixo do Viaduto Paraíso, encostei o carro rente à parede e pulei para dentro da estação do metrô atravessando um vão. As luzes de mercúrio estavam acesas.

Madrugada, hora de limpeza e manutenção. Circulei perto das bilheterias; pisava leve, precavido. Não havia sinal de vida. Fiquei um pouco apreensivo já que a estação era imensa, cheia de corredores, becos, escadas; um labirinto. Esse tipo de lugar me deixava muito apreensivo. Mesmo assim, fui em frente. Pulei as roletas e desci uma escada rolante desligada. Um ruído, quase como um apito, aumentava à medida que eu me aproximava da plataforma. Era o vento que soprava.

Havia alguns faxineiros lavando o chão. Estavam duros, como que cobertos por uma fina capa de plástico; o reflexo da luz branca das lâmpadas de mercúrio produzia esse efeito. Encostado à parede, um rádio chiava. Desliguei-o. Fiquei um tempo observando os faxineiros. Não mexiam um milímetro. Não respiravam, não piscavam, nada.

Ouvi um barulho vindo do túnel. Alguma coisa se mexeu. Estranho. Cheguei perto e ouvi novamente; parecia que alguma coisa se arrastava por entre os trilhos. Estava escuro. Fiquei quieto, sem me mover. Pausa. De repente, o estouro: várias ratazanas saíram em histeria de dentro do túnel. Gritavam se amontoando umas nas outras, correndo loucamente em minha direção. Seus olhos estavam vermelhos: me encaravam com os dentes para fora. Filhas da puta! Comecei a correr. Elas me perseguiram. Percebi que estavam me forçando a correr para a outra extremidade da plataforma, para dentro do túnel. Desgraçadas! Havia uma câmera de circuito interno presa no teto. Dei um pulo e me agarrei nela com os dois braços. Com as pernas balançando no ar, deixei que passassem por mim descontroladas. Corriam, corriam: uma procissão macabra. Foram passando, várias delas. Me agarrei mais firme aumentando a distância entre meus pés e elas. Entraram na outra extremidade até sumirem, deixando para trás um rastro de pelos, mijo, bosta e fedor. Filhas da puta! Devia ter levado a metralhadora para arrebentar aquelas cabeças nojentas.

Fiquei um tempo na mesma posição, olhando para baixo. O braço começou a doer. Fui me soltando aos poucos até ficar com os pés no chão, mantendo os braços esticados, pronto para mais um salto, se fosse preciso. Como sou estúpido! Por que tinha de me meter ali? Por que não subi as escadas para fugir? Por que nessas horas em que se tem de tomar uma decisão rápida eu sempre tomo a mais idiota? Ficar pendurado numa câmera de circuito interno com ratazanas malditas me ameaçando.

Puto e assustado, voltei subindo a escada rolante, prestando atenção até no movimento da poeira suspensa. Parecia que de um momento para o outro iriam voar sobre mim ratazanas de todos os tamanhos e cores. Pulei para fora da estação e me tranquei no carro por um bom tempo, depois de examinar se não havia ratos no chão, debaixo do banco, no porta-luvas, até no meu bolso. Então eram vocês os sobreviventes que eu esperava encontrar?

Me lembrando de Mário, fui até o prédio da ROTA; castelo, forte, ou sei lá o que era aquilo. Seu carro não estava onde eu tinha deixado. Sabia. Ele era tarado por aquele carro; talvez por isso eu o tivesse deixado no departamento de polícia, para provocá-lo. Isto, de uma certa maneira, me tranquilizou. Mário está por aí, com o seu carro. Logo ele aparece.

Guiei até o Centro Velho. Na Praça da Sé, a Catedral permanecia com os portões abertos; os portões da... paz. As pombas estavam completamente agressivas. Davam rasantes ameaçadores sobre a minha cabeça ou pousavam a poucos metros tentando me intimidar. Revolução dos bichos?! Várias se encontravam estateladas no chão, mortas. Outras brigavam entre si, distribuindo bicadas e patadas. Havia penas por todos os lados e um cheiro ruim.

Arrombei a porta de um pequeno supermercado na extremidade da praça e arrastei para fora alguns sacos de farinha, arroz e milho.

Fui amontoando tudo no centro da praça.

— COMIDA, SUAS ESTÚPIDAS!

Como se entendessem o que eu tinha dito, um bando de pombas chegou de todas as partes se jogando umas contra as outras.

— CALMA. SEJAM EDUCADAS.

Subitamente comecei a ouvir o ronco de um motor. A princípio pensei que fosse um gerador qualquer, ligando automaticamente. Mas à medida que o ronco se aproximava, confirmei que estava ouvindo um jato. Esperei. Não havia dúvidas: um avião sobrevoava a cidade de São Paulo. Olhei para o céu à procura de confirmação. Mas não consegui localizar nada. Até as pombas repararam, pois pararam de comer e ficaram mais apreensivas. Um avião sobrevoava a cidade.

Entrei na Veraneio e corri até o aeroporto de Cumbica. O avião poderia pousar na cidade! Uma missão de resgate! Os japoneses! Ou um país qualquer. Desci a toda a Marginal, desembocando na Dutra. Uma missão de resgate vinda de um lugar onde o "fenômeno" não tinha ocorrido. Vieram investigar a maior cidade do país. Souberam do que aconteceu e vieram nos salvar.

Pisava fundo, tocando a buzina, olhando para o céu. Eles têm de pousar no aeroporto. Claro que eles vão. Ao me aproximar de Cumbica, não notei nenhum sinal do ronco do jato. Estacionei no portão de desembarque, tirando a chave do contato por precaução. Peguei o machado e atravessei o saguão, onde algumas pessoas permaneciam imóveis. Corri até o pátio dos aviões. Não senti aquele cheiro de querosene que qualquer aeroporto tem. Vi uma dezena de Boeings estacionados. O vento carregava papéis e mato. Uma camada fina de poeira cobria toda a extensão da pista. Esperei. Onde estão os japoneses? Nada! Depois de um tempo, peguei um jipe carregador de bagagens e sem dificuldade andei por entre os aviões. Nada. Nenhum sinal de uso. Não era um avião a jato que sobrevoava a cidade? Esperei. Nada.

Fui até a cabeceira da pista pensando em como seria bom encontrar alguma testemunha de todo aquele caos. Comecei a pensar que podia enlouquecer. Ratos atacando. Pessoas duras como que cobertas por uma fina camada de plástico. Poeira cobrindo a pista. Aviões abandonados. A cidade deserta. Pombas esfomeadas. Portões da Catedral escancarados. Jesus, preso a uma cruz, exprimindo... paz.

Observei a imensidão da cidade. O que seria feito daquilo tudo...?

Voltei a pensar na possibilidade de estar morto. Antes de virar pó, percorria espaços guardados na memória. A cidade. Os animais. Não. Não era possível. Eu nunca tinha ido ao aeroporto de Cumbica. Eu o via claramente, não poderia estar imaginando, muito menos estar morto. Não. Ter entrado numa outra dimensão do tempo também não era possível. Os animais se mexiam normalmente. Se por acaso eles estivessem também paralisados, seria uma hipótese forte: o meu tempo, de Mário e de Martina estaria superacelerado, dando a impressão de tudo parado. Mas não. Os animais, a poeira, os relógios contestavam esta teoria. Então, que merda estava acontecendo?!

Uma meia dúzia de cachorros andando juntos atravessou a pista lentamente. Estavam calmos e despreocupados. O último deles era um filhote, que pulava, brincava com os outros, parava e corria para alcançá-los. Eles não sabiam o que estava acontecendo. Fiquei com inveja deles.

Encontrei Martina deitada no sofá, com um livro na mão.

— Por onde você andou?

— Por aí. Examinando a cidade. Está abandonada, vazia...

— Seu amigo ainda não apareceu — disse irritada.

— Daqui a pouco ele aparece. Ele precisa disso: ficar sozinho.

Era verdade; eu conhecia Mário como ninguém.

— É, mas a gente tem de ficar junto!

Ela estava mesmo irritada. Me sentei na sua frente, estiquei as pernas sobre a mesa e relaxei. Pausa.

— Você ouviu algum avião a jato sobrevoar a cidade hoje? — perguntei.

— Não — respondeu sem tirar os olhos do livro.

Será que imaginei aquilo? Suspirei de cansaço; muito cansaço. Martina parecia atenta ao livro, ou pelo menos fingia muito bem. Pausa. Ela não estava muito a fim de papo. Mesmo assim, perguntei honestamente:

— Você acha que morremos?

Percebi que o dia estava rendendo mais. O tempo demorava para passar e, pior, eu não tinha muito o que fazer. A vista da janela parecia uma pintura: estática. Fui dar uma volta. Passou a ventar umidamente. Em seguida, pingos grossos começaram a batucar no capô. Chuva. O ritmo mecânico dos limpadores de para-brisa me mantinha atento. Eu gostava de chuva, principalmente quando estava dentro de um carro. Dirigia com cuidado para não ser surpreendido por carros largados no meio da rua. Parei em frente ao edifício do Nariz, um traficante que fazia ponto no cursinho da Bela Vista. A chuva aumentou escondendo o enorme prédio com formato de um "S", um agitado cortiço. Não tinha nada para fazer. Peguei o machado, abri a porta e corri até o hall me desviando dos pingos. Não cheguei a me molhar muito. Olhei ao redor; não havia ninguém. Um forte cheiro de mijo por toda parte. As paredes estavam descascadas, pichadas com vários palavrões. O lixo, amontoado no chão. Um agitado e sujo cortiço. Caminhei até o elevador chutando uma sandália perdida. Era um vício: chutar coisas perdidas no chão.

Subi até o décimo andar e procurei o apartamento do Nariz entre dezenas de portas. Não me lembrava do número, mas não seria difícil, já que a maioria dos seus fregueses deixava recados escritos em código no batente da porta.

Nariz era batuqueiro da Vai-Vai, escola de samba vizinha ao cursinho. Ficamos amigos por causa do seu ofício. Era um bom profissional, diferente dos outros mal-humorados traficantes da região, que trabalhavam sempre apressados e nervosos, como se houvesse um policial escondido em nossos bolsos. Nariz servia à sua clientela diferentes tipos de maconha e deixava experimentar sem nenhuma pressa. O estranho era que ele próprio não sabia avaliar a qualidade da mercadoria. Se eu dissesse que era bom, ele me segurava nos braços e dizia orgulhoso:

— Você sabe, Alemão, que só trabalho com coisa boa.

Mas se eu dissesse que era ruim, ele concordava. Se desculpando, afirmava que havia uma tremenda crise no mercado. Engraçado é que eu também não sabia avaliar se era bom ou não. Era inexperiente. No entanto, sempre chutava: um dia dizia que era bom, outro, que era ruim. E tudo bem. "Alemão" era como ele chamava os que não eram negros.

Uma vez fomos fumar no estacionamento. No meio do baseado, pintou não sei de onde um Tático Móvel. Engoli aquele cigarro aceso. Eles desceram do carro de arma na mão.

— Mão na cabeça, os dois! Quietinhos...

Sentiram o cheiro, examinaram nossos olhos, mas não encontraram nada.

— Onde é que está o bagulho? — perguntou um deles rindo.

Não sabíamos de nada, já ouvimos falar de maconha, tá bom, já fumamos, uma vez, não, não conhecíamos nenhum traficante, éramos estudantes do cursinho, estávamos ali passeando, temos família, sim senhor, não, não somos vagabundos, não senhor. Documento, claro, documento. Nome, pai, mãe, RG, data de nascimento, sim senhor, não senhor... Ficamos um bom tempo naquela situação. Eu cagava de medo. Nariz era rude com os caras, falando no mesmo tom, declamando alguns chavões de Direito. Um deles não se conformava. Queria dar um pau na gente ali mesmo. O filho da puta me dava chutes na canela. Doía demais. Era um covarde, filho da puta. O que parecia ser de patente mais alta era o mais calmo e objetivo. Sabia que não tinha provas contra nós. Fez um longo discurso moralista, pedindo para não nos envolvermos com traficantes ou drogas, que deveríamos estudar para o bem do Brasil. Nos ameaçou caso nos encontrasse mais uma vez naquele ponto. Finalmente foram embora, depois de o inconformado me dar um último pontapé na canela. Filho da puta!

— A partir de hoje, você é meu sócio — declarou Nariz apertando a minha mão.

Sabia que o termo "sócio" não queria dizer que iríamos repartir os dividendos do seu negócio. Sócio era a categoria que adquiria o direito de filar alguns baseados sem pagar. Era o segundo escalão nesta estranha ligação: consumidor e vendedor.

Encontrei a porta do meu "sócio". Dei uma machadada na madeira e consegui entrar. Fácil. Não havia ninguém dentro do apartamento. A sala tinha uma TV em cores, um jogo de sofá de plástico imitando couro e um enorme pôster do Palmeiras na parede.

Fui até a cozinha procurar a panela de pressão dentro do forno. Era onde ele guardava a mercadoria (o lugar ideal, pois qualquer problema era só ligar o forno). Na panela havia de tudo: quase um quilo de maconha, vários pacotinhos de cocaína, uns comprimidos e ampolas.

Enfiei tudo dentro de um saco e fui embora. Descendo de elevador, me assustei com um raio que caiu por perto. A luz foi enfraquecendo até apagar. Tudo escuro. Merda! Apertei os botões do painel, mas nada aconteceu. Bosta! Forcei a porta até abri-la. Estava parado entre um andar e outro. Não era meu dia. Com um pulo consegui alcançar a saída de emergência e ficar na parte de fora do elevador. Tudo escuro. Apalpando, senti a porta pesada de um andar qualquer. Enfiei o machado.

— O Mário apareceu? — perguntei entrando.

— Não! — respondeu secamente Martina, sem tirar os olhos do livro. O mesmo livro.

Subindo a escada, ouvi quando perguntou:

— Onde é que você esteve?

Numa noite, ficamos com a sensação de que de um momento para o outro a porta se abriria e Mário, com um enorme sorriso, iria nos explicar o que estava acontecendo. Mas nada dele. Martina lia. Vez ou outra eu provocava:

— Vamos jantar fora?

Ela ficava parada, concentrada nas páginas do livro. Tentava enxergar através de seus olhos. O que estava pensando? Imaginar o que os outros estavam pensando. Meu grande sonho era ser telepata. Desses que dão shows na TV. Entraria com uma belíssima assistente loira. Ela vestida com uma roupa transparente, sexy. Eu, de fraque e cartola. Ela circularia pela plateia, escolheria um espectador e perguntaria: "Mestre Rindu, o que esse homem está pensando?" E eu responderia e acertaria na mosca. Aplausos. Eu me inclinaria e adivinharia outros pensamentos. Eu era tão confuso. Pensava em 15 coisas ao mesmo tempo, embaralhava as ideias e era difícil de tomar decisões. Se eu soubesse o que as pessoas pensavam, eu diria as palavras certas, as palavras que elas queriam ouvir.

A chuva continuava forte.

— Vamos remar por aí? — brinquei mais uma vez.

Ela não riu. Logo a Martina que gostava tanto de falar, contar histórias. O que será dela? O que será de mim? O tempo. O vazio. E ela não tirava os olhos do livro.

— O que você está fazendo? — perguntei já angustiado.

— Estudando. Tinha um trabalho para entregar. Por precaução...

Foi a coisa mais estúpida que ouvi naquelas duas semanas.

Mário não apareceu. E eu já estava cheio. Os japoneses não apareceram. Nem no aeroporto de Congonhas, onde eu fui dar uma sondada. Tinha recomeçado a roer as unhas feito um condenado; um vício da infância. Roí tanto que já não tinha mais unhas. Passei para um vício inédito: esfregar os cabelos. À noite, ficava esfregando os cabelos, torcendo para que as unhas crescessem. Martina continuava a estudar. Eu, bem, eu bolava um próximo vício.

Me lembrei da única vez em que eu estudei pra valer. Foi quando chegou a hora e a vez do vestibular, há uma porrada de tempo. No dia da inscrição, assim que recebi a ficha, numa atitude que nunca compreendi direito, acabei colocando como primeira opção de carreira Biologia. Fiquei excitado quando vi a quantidade de opções no formulário e que poderia decidir o futuro da minha vida com um mísero "xis" num mísero quadradinho. Achei pouco para a importância da minha vida. Por isso mudei. Não comentei com meu pai que não haveria mais um advogado na família. Talvez um professor de Biologia de uma escola pública. O dono da pensão também foi privado da notícia. Ele sempre me lembrava do acordo que tínhamos estabelecido (cinco anos sem cobrar nada).

Mário se inscreveu em Engenharia, sorteando Engenharia Civil como primeira opção. Ficamos neuróticos. As placas de trânsito foram substituídas por esquemas, formulários e mapas. Meu forte era História e, obviamente, Geografia. O dele: Matemática, Física e Química. Por incrível que pareça, eu tinha uma noção medíocre de Biologia.

Toda tarde, depois das aulas, nos trancávamos no quarto da pensão onde dávamos verdadeiros shows um para o outro. Nosso cotidiano se transformou numa prova de vestibular. No jantar, comparações entre enzimas e proteínas. Debaixo do chuveiro elétrico, os elétrons. Fazíamos sambinhas: "H2O na Avenida", "Cromossomo Sambista", "Esta noite eu vou cair de célula", assim por diante.

Eu estava completamente tomado pela loucura do exame quando participei, junto com toda a classe, de um saque e quebra-quebra na feira livre que funcionava às quintas na rua de trás do cursinho. Roubei três melancias, apesar de detestá-las.

Missão cumprida. Entramos na faculdade. A família vibrou. Acho que foi a primeira vez que senti orgulho de mim mesmo. Meu pai me deu de presente um exemplar da *Constituição Brasileira* e do *Código Penal* (de grande "utilidade" para um biólogo...). Já Mário ganhou um carro zero. Ele não tinha entrado na primeira opção, mas em Engenharia Elétrica (para quem tinha sorteado, não fazia a menor diferença).

Num fim de semana que passei em Sorocaba, meu pai me convidou para bater um papo na churrascaria Jardim Tropical, a melhor da cidade. O resto da família não foi convidado. Estava orgulhoso, e abraçado a mim me levou para uma mesa do fundo. Pediu uma picanha e pela primeira vez me deixou escolher meu prato. Brindamos com cerveja (que odiava, mas tudo bem) e ficamos um tempo em silêncio. Pude observar que sua calvície havia aumentado e que ele estava com o tique de alisar os poucos cabelos que restavam.

— Você está realizando um grande sonho... Meu pai, ao contrário, me obrigou a trabalhar quando eu ainda era garoto. Não me deu a chance de estudar numa faculdade — deu um tempo, alisou os cabelos e perguntou com um sorriso maroto: — Como é que é lá?

— Não conheci direito. Eu só fui fazer matrícula.

— Tem muitas garotas? — perguntou olhando para os lados.

— Talvez.

Deu um gole na cerveja. Eu fiz o mesmo para não decepcioná-lo.

— A gente precisa conversar mais. Você nunca me falou das suas namoradas, sua vida lá em São Paulo, seus "pobremas"...

Meu pai era desses caras que falavam "pobremas".

— Pois é. Precisamos conversar mais — foi a única resposta que encontrei. Eu estava começando a ficar triste. Não consegui conversar mais, apesar de ter tentado pensar em algo.

Chegou a comida. Ficamos um bom tempo em silêncio. Nos servimos e comemos sem nos encarar. Quando terminou de comer, ele enxugou a boca com o guardanapo, alisou os cabelos e falou:

— Sabe, Rindu. Seu pai, apesar de muita batalha pela vida, é um sujeito frustrado. Não quanto à minha família, pelo contrário, vocês só me dão motivo de orgulho. Mas é que a maioria dos meus colegas aqui de Sorocaba subiu na vida, estudou. Hoje eles são alguém. Têm uma profissão digna. Meu sonho na juventude era ser veterinário. Um grande veterinário. Mas o máximo que consegui foi essa loja de ferramentas. O pai do Mário, por exemplo, trabalha na capital, deu um carro de presente para o filho... Garanto que o Mário se orgulha do pai que tem. Agora eu... — os olhos ficaram umedecidos. — Você se orgulha de mim?

— Claro, pai — respondi. Eu já estava completamente triste.

— Ah, você nem se lembra do seu pai... — ficou um tempo quieto até se recompor. Depois, passando a mão no cabelo, perguntou, para o meu alívio, se eu queria sobremesa.

Naquele momento me imaginei velho levando um filho para o restaurante, falando das minhas frustrações como biólogo. A cena se repetiria. Como a vida é triste... E não há o que fazer. Vou levar meu filho para o restaurante e vou falar que sou um frustrado. Que merda! O universo se expande, mas a vida continua triste.

Na saída, depois de ter pago a conta, ele me abraçou perguntando:

— Como são as paulistas?

Ele me mostrou, sem querer, que a vida é uma idiotice. Eu o abracei e disse:

— São mulheres incríveis...

Comecei o curso sem muito entusiasmo. As únicas coisas que me motivavam eram as viagens que fazíamos para pesquisa de campo. A primeira foi uma excursão pela Serra do Mar, para analisar a vegetação da região. Um tempo depois eu arrumei um emprego, pensando em alugar uma casa só para mim: empalhar cobras no Instituto Butantã. Um professor havia me arrumado a vaga com a promessa de que com o tempo eu seria promovido a inspetor. Era um trabalho solitário e fedorento. Minha sala era no fim do corredor, um lugar escuro e deserto onde eu passava despercebido, a tal ponto que um dia o segurança do Instituto me barrou a entrada com o chavão "não é permitida a entrada de estranhos"; eu já estava há três meses trabalhando lá.

Minhas companhias no trabalho eram duas cobras, que viviam em cativeiro na minha sala e nunca seriam empalhadas por serem de uma espécie rara; talvez por isso gostassem de mim. Quando eu chegava, elas ficavam excitadas dentro do cativeiro, se movendo de um lado para o outro. Era a única hora em que se mexiam. No resto do dia, ficavam imóveis com os olhos grudados no meu trabalho. Sacanas, gozavam das pobres cobras que eu ia empalhar. Sacanas e sádicas.

De fato, depois de seis meses, eu fui promovido. Passei a fazer malabarismo com as duas cobras sacanas quando recebia excursões de estudantes. É o que eles chamavam de inspetor. Resumindo, deixava que passeassem pelo meu braço, beijava suas cabecinhas e explicava algumas peculiaridades desse estranho réptil ofídio, com o nome científico de *Lystrophis cope*, popularmente conhecido por cobra-coral. Eu adorava aquelas cobras.

O salário melhorou e eu pude alugar o pequeno sobrado em Pinheiros, claro que somando uma ajuda mensal do meu pai.

Os anos foram passando e descobri que a única coisa que fazia relacionada com Biologia eram malabarismos com cobras. Pensei até em montar um show no Largo do Paissandu e ganhar mais dinheiro. Porém o respeito à ciência me fez mudar de ideia. Fiz pressão e consegui ser novamente promovido: passei a coletar veneno de cobras para soro antiofídico. Mudei de prédio, deixando minhas companheiras sacanas para trás. Ganhei um salário melhor. Mas fiquei arrependido quando soube, um mês depois, que as pobres corais morreram de inanição.

Mário era um aluno irregular, sempre rachando de estudar na véspera das provas. Ficou popular no dia em que trocou socos com o professor mais odiado da Politécnica. Depois, quase foi jubilado; por pouco não esmurrou o diretor do curso. Era um cara intranquilo. Cheguei a perguntar por que ele não largava Engenharia e entrava para o mundo do boxe.

Continuávamos superamigos, confidentes, padres, médicos...

O segundo quarto do meu pequeno sobrado era frequentado por ele e suas muitas amiguinhas. Havia manhãs em que eu cruzava com absolutas desconhecidas preparando café e me perguntando:

— O que você está fazendo aqui?

— Esta casa é MINHA! — eu respondia sem pensar muito.

Fui o imbecil que disse para uma delas que ele teve de viajar, enquanto ele estava com outra no quarto. Fui o imbecil que teve de fazer sala para outras garotas, comprar OB no meio da noite, esperar mocinhas apanharem um táxi, entre outras coisas. Eu era um imbecil. Tudo por causa de uma maldita promessa; nunca o abandonar...

Depois disso, veio o italiano, a espeleologia, Martina, Clérico, a viagem para a Gruta da Rainha... O universo em expansão. Faz tempo.

Outono

Ainda chovia torrencialmente. A gasolina da Veraneio estava na reserva. Fui até um posto e enchi o tanque sem pagar; ainda estranhava este abuso. Aproveitei e fui circular pela cidade com os vidros fechados e faróis acesos. Peguei a Radial Leste e atravessei toda a periferia me enfiando na desordem de ruas e vielas e avenidas e alamedas e praças e ruas... aquilo parecia não ter início ou fim, como um ovo estalado. Não vi nenhuma alma viva; estava já completamente desesperado com a situação toda. E sem a ajuda de Mário, que continuava sumido.

Cruzei morros e vales cercados por muretas. Terrenos baldios, prédios, favelas, fábricas caindo aos pedaços, casas de todos os tamanhos e cores. Passei por cachorros que perseguiam gatos que perseguiam ratos que, desta vez, não me perseguiam. Se assustavam com o barulho do motor e estupidamente, ao invés de se esconderem, corriam atravessando na frente do carro. Alguns duros "conversavam" em suas varandas. Nos pontos de ônibus sempre havia um, ou em pé ou caído, exposto ao tempo. Quantas palavras estariam sendo ditas ao mesmo tempo se não tivesse acontecido o "fenômeno"?

Olhava ao redor e percebia que era dono de todas

as coisas, mas me sentia distante e com medo, absorvido por pensamentos embaralhados. Nada fazia sentido. Aquela cidade cheia de coisas estava me dando um tremendo vazio. Onde estava o nosso universo em expansão? Maldito universo! Acelerei até o limite da velocidade do carro, deixando o volante tremer na minha mão. Os pneus espalhavam a água que a chuva deixara sobre o asfalto. Acendi um baseado. Merda de vida!

Fiz de tudo para passar o tempo, mas parecia que os relógios andavam para trás. Assisti a uma porrada de filmes, li uma porrada de revistas velhas e andei por quase toda a cidade na porcaria daquela Veraneio. Estava desesperado. Até quando? Tinha arrepios à toa; quando ficava desesperado sempre tinha uns arrepios estranhos. Martina foi se enclausurando aos poucos, como se estivesse se punindo por alguma coisa. Mal trocávamos uma palavra. Para falar a verdade, nos conhecíamos muito pouco. Ainda estranhava seu jeito: conhecia a Martina da USP, da rua, do social, mas a Martina do dia a dia era diferente, aliás, como todo mundo. Eu não tinha com quem conversar, já que ela não me inspirava. Passei a falar sozinho. Falava de tudo. Contava piadas, narrava jogos de futebol, qualquer coisa para fazer o tempo passar e diminuir os arrepios. Me lembrei muito de Cíntia Strasburguer com o seu lindo sorriso e suas ideias malucas. Lamentei estar dura. Poderíamos ter grandes discussões. Cheguei a ir até a sua casa, perto da de Ângela Sauer. Mas não havia ninguém. Ela e a família deviam ter endurecido em Campos ou em Ubatuba, já que tudo acontecera num feriado prolongado.

Uma vez, eu e Cíntia discutimos horas porque ela queria que queria ir para a África, "recuperar as raízes perdidas". Não conseguia acreditar: uma burguesinha paulista, loira como uma nórdica, achar que tinha alguma raiz na África. Ela argumentava falando que, antes de ser descendente de europeus, ela era brasileira e portanto tinha influência africana.

Comecei a sentir falta de Mário. Saudade e raiva por ele ter desaparecido, me deixando na mão. Eu prometi nunca abandoná-lo. Ele não. Por que não fiz ele prometer? Ao mesmo tempo passei a duvidar de que ele estivesse apenas querendo ficar sozinho. Poderia ter acontecido alguma coisa.

Certa manhã cheguei a pegar a estrada para Sorocaba convencido de que ele tinha estado por lá. Estava também curioso para ver a minha casa, minha mãe, meu pai, meus irmãos gêmeos. Meus pais estariam provavelmente dormindo tranquilos no seu quarto. Meus irmãos, ou cavando buracos no quintal, coisa que eles adoravam fazer de madrugada (pareciam dois tatus), ou jogando baralho no meu antigo quarto. Eram verdadeiros pestinhas. Nunca dormiam. Nem de noite, nem de dia. Tinham energia para fazer as maiores bagunças. Mas eram dois garotos muito legais. Acho que herdaram só as coisas boas do meu pai. Eu, provavelmente, as ruins. Dirigia naquela estrada sentindo saudades do Cláudio e do Clóvis, seus nomes. Mas não sei por que, depois de uns 20 quilômetros, a meia hora de Sorocaba, parei o carro.

Fiquei com medo. Medo de ver a família durinha. Medo de ver o Clóvis e o Cláudio duros, cavando buracos. Medo de ver Sorocaba também naquela situação. Abandonada. Era óbvio que Sorocaba também fora atingida. Merda! Voltei.

Finalmente a chuva parou. Fez um dia limpo, azul de ofuscar a vista. Entrei no quarto de Martina, abri bem a janela e tirei sua coberta:

— Vamos dar uma volta antes que você apodreça!

Ela foi.

Fomos até a avenida Paulista. A luz do sol fazia do asfalto um espelho. Subi no capô e percorri com os olhos toda a extensão da avenida. A luz dos faróis verde, vermelha, verde, vermelha, refletida no asfalto. Nenhum movimento, exceto o verde, vermelho... Invadimos uma lanchonete, onde com sorvete e sucrilhos tomamos um estranho café da manhã. Um ruído ritmado se aproximava aos poucos. Era um galope. Vimos um cavalo correndo em nossa direção. Um cavalo! As patas batiam fazendo um barulhão por toda a avenida. Passou por nós espirrando gotas de suor. Era um puro-sangue, preto, alto, galopando velozmente até sumir. Parecia fugir de alguma coisa. Mário.

Entramos no carro e peguei a avenida Rebouças em direção ao Jóquei. Mais adiante cruzamos com outros cavalos em disparada. Jóquei, só podiam ser de lá. Na ponte que cruza o rio Pinheiros, logo após o shopping Eldorado, diminuí a velocidade até parar. Mário estava sentado no capô do seu carro. Estava rindo. Nos viu e estourou de rir. Apontou para a margem do rio.

— É a lei da selva! Lei da selva! Selva filha da puta!

Duas jaguatiricas devoravam o corpo de um cavalo estatelado no chão. Comiam arrancando a carne do animal, deixando aquilo balançar entre os dentes. O gramado estava coberto pelo sangue do pobre cavalo. Fiquei horrorizado. Martina quase vomitou e tapou os olhos com a mão. Eram jaguatiricas, podia reconhecer: esbeltas e manchadas. Estranhei, pois são carnívoras, mas não costumam atacar animais de grande porte. Além do mais, o que estavam fazendo ali? Olhei para Mário. Ele riu. Martina reclamou:

— Você está bêbado!

Em seguida entrou no carro.

— É a selva. Selva São Paulo!!! — ele gritou atirando uma garrafa vazia no rio.

Ele contou que passou os dias rodando pelo interior. Campinas, Limeira, Piracicaba e, como eu tinha imaginado, Sorocaba. Disse que não tinha uma porra de uma pessoa viva. Perguntei se ele tinha estado na casa dos meus pais. Tinha, tinha estado lá; estava tudo quieto. Perguntei se ele tinha visto meus irmãos gêmeos, cavando buracos no jardim. Ele disse que não. Ainda bem: melhor estarem duros no meu quarto, jogando baralho.

Um falava mais que o outro, quase ao mesmo tempo. Disparei e contei tudo o que tinha acontecido, dos ratos, do elevador quebrado, dos filmes, das pessoas duras na periferia.

— Você acha que estamos mortos? — perguntei.

— Bem, acho que...

— Eu ouvi um jato.

— Jato?! — ele estranhou. — Um avião a jato?

— Roí quase todas as minhas unhas...

— Um jato? Será possível? Eu também vi um jato, um Jumbo, só que espatifado perto de Viracopos...

— Olha só, nem tenho mais unhas. Agora esfrego o cabelo o tempo todo.

— Um jato... será que era alguma expedição?

— Você se lembra da Cíntia Strasburguer? Eu fui na casa dela, lá no Morumbi. Não tinha ninguém.

— Quer parar de falar! — ele reclamou. — Você está me deixando confuso.

Fiquei quieto. Mas louco para voltar a falar. Ele estava pensativo. Reclamou mais uma vez:

— E quer parar de esfregar os cabelos!

Parei. Estava morrendo de saudade dele. Me sentia fraco quando Mário não estava ao meu lado. Sempre sentia isso. E não tenho vergonha de dizer. Era profundamente dependente dele e incapaz de tomar grandes decisões sem antes consultá-lo, mesmo conhecendo a sua irresponsabilidade, a sua imprudência. Era um cara intranquilo, mas quando tomava uma decisão era tão convicto que suas atitudes, por mais doidas que fossem, pareciam sempre as mais lúcidas. Ele podia fazer as maiores cagadas, mas para mim sempre tinha um toque de genialidade. Era o líder ideal da minha guerra invisível. Foi o meu ídolo por muito tempo. Muito tempo.

— O que vamos fazer? — perguntei ansioso. Ele abriu um leve sorriso e respondeu:

— Vamos esperar. E tomar um porre.

O sol tinha acabado de nascer e já estávamos na estrada, atravessando uma forte neblina sem preocupações com o que estaria na frente. A rodovia cortava bairros do subúrbio, fábricas, algumas reservas florestais. Nas cinco pistas bem sinalizadas, havia alguns carros largados, espalhados aleatoriamente. Corríamos a 150 km por hora. Destino: baixada santista. Martina não quis ir.

Nada se movia na rodovia dos Imigrantes. Saindo dos limites da cidade, a vegetação da Serra do Mar começava a tomar conta do asfalto; pequenos arbustos cresciam no acostamento. Ficávamos de olhos bem abertos, vasculhando as entranhas da floresta, procurando fumaça nas chaminés das casas...

Na descida da serra percebemos uma cortina de fumaça escura que nos chamou a atenção. Algo tinha acontecido em Cubatão. Paramos no primeiro mirante. Ao longe, quase encostada no horizonte, a cidade de Santos e seus vários arranha-céus acompanhando a orla marítima. Ao pé da serra, uma visão estranha: a floresta toda chamuscada. Subindo no parapeito do mirante, avistamos Cubatão destruída. Nenhuma construção em pé, nem mesmo as refinarias ou tanques de óleo. Tudo coberto de cinzas e densa fumaça. No centro, uma enorme cratera. O que era aquilo!

Descemos a serra até onde era possível; a explosão arrancara um longo trecho do asfalto. Caminhamos sobre tocos carbonizados, fagulhas, pedaços de ferro, cinzas. Havia um forte cheiro de queimado e alguns focos de incêndio ainda resistiam ao vento. Os pequenos barracos de madeira que margeavam a estrada foram reduzidos a pó. O inferno de Cubatão.

— Deve ter explodido a merda da refinaria — comentou Mário.

Até então as pessoas, as cidades, as máquinas e até os animais se encontravam intactos. Parados mas intactos. Já Cubatão, destruída, era o fim de tudo. Imaginei os corpos dos moradores carbonizados, tostados, pó. Era horrível o inferno, o fim.

— Vamos até a praia! — falou Mário com uma voz calma.

Fomos até a outra extremidade da pista; a parte intacta. Mário fez uma ligação num caminhão com a agilidade de um entendido. Prosseguimos viagem. Estávamos chocados. E se isso acontecesse em São Paulo? O fim.

Entramos em Santos cruzando os grandes armazéns do porto. Seguimos pelo túnel até as praias. Santos não fora atingida pela explosão. Santos estava em ordem deserta, mas em ordem. Pelo menos isso...

Descemos na praia do Gonzaga. Ventava bastante e o sol estava forte. Caminhamos até perto da água. Havia pequenas ondas que quebravam na areia. Havia movimento. Gaivotas mergulhando em busca de peixes. Peixes emergindo em busca de ar. Vento empurrando grãos de areia. Movimento. Ao longe, uma fileira de cargueiros estava estacionada na linha do horizonte. Abandonados. Aves marinhas voavam sobre eles. Imaginei cruzar aquelas águas como os antigos exploradores e descobrir o que existia por trás do alcance dos olhos. África, onde Cíntia Strasburguer acreditava estarem suas raízes.

Seguimos a pé por uma tal de avenida Ana Costa, que cortava a linha de arranha-céus e ia até o centro. Gritamos:

— TEM ALGUÉM AÍ?

Repetimos várias vezes, olhando para as janelas dos prédios. Mas não havia respostas.

— TEM ALGUÉM AÍ?

Pelo jeito, ninguém. Paramos na tal Praça Independência (qual cidade não tem uma praça chamada Independência?).

— Isso parece uma piada — disse Mário. — Só pode ser uma piada. Nós somos pessoas sem nenhuma importância. Eu, você e aquela menina babaca, fazendo o quê?

— Será que esta explosão causou tudo isso? — perguntei.

Ele não respondeu. Ele nem prestou atenção no que eu dissera. Ele quase nunca prestava atenção no que eu dizia. Era um ídolo fajuto.

— O que me intriga é por que eu, você e Martina? Por que estamos vivos? Por que nos deixaram vivos? O que eles querem da gente? — perguntou apontando para algumas pessoas duras sentadas num bar. — Viemos aqui para ver se encontrávamos alguma coisa e o que achamos foi aquela cidade queimada e esta aqui cheia de areia. Merda de areia! — disse chutando um pequeno bolo que tinha se formado na guia.

Fomos até o porto. Velhos armazéns, contêineres e caixotes no meio do pátio. Navios de várias nacionalidades ancorados no cais. Guindastes gigantescos largados, com os cabos de aço pendurados. Alguns ratos corriam. Muitos pássaros. Bandeiras de vários países. Inúteis bandeiras.

Na Ponta da Praia, entrada do porto, havia um grande cargueiro encalhado próximo à areia. Estava inclinado e imóvel. Muitas gaivotas no convés. Circulavam por entre os mastros, expulsando pequenas aves intrusas. Tudo ali lembrava abandono. Até mais que em São Paulo. Até quando?...

África. Olhei mais uma vez para a linha do horizonte.

— Eles vêm nos buscar. Temos de esperar — comentou Mário. — Chega de viajar, de encontrar estas merdas de cidades vazias! Estou cansado. Vamos esperar que eles vêm nos buscar — repetiu apontando para o horizonte, para a África.

Será?

Ele virou o braço mais à esquerda, deixando de apontar o horizonte para apontar a outra margem do canal. Ele apostou:

— Vamos ver quem chega primeiro?

Mexeu com meus brios atléticos. Poderia ser o meu dia de ganhar: nadar não era o seu forte. Tirei a roupa ficando só de cueca. Ele tirou tudo. Um, dois e já! Corremos e mergulhamos ao mesmo tempo. Nos primeiros cem metros eu estava com uma vantagem de dez corpos. Era realmente um ídolo fajuto. Mais cem metros e os músculos começaram a repuxar. Ele nadava de costas. Era um otário. Mais cem metros, começou a me faltar fôlego. Ele estava ao meu lado. Estava cantando. O desgraçado nadava cantando! Quando finalmente cheguei a um pequeno cais sujo de óleo, saí da água me arrastando, com o pulmão para fora e pernas e braços estraçalhados. Levantei a cabeça e vi Mário sentado num grande pneu de borracha. Ele não disse uma palavra. Era um gentleman.

Recuperado o fôlego, ele me perguntou:

— Por que você nada de cueca?

Que pergunta! Sei lá por que nadava de cueca.

— Pro pau não balançar — respondi.

Ele me deu um tapinha no ombro dizendo:

— Velhas encanações...

Velhas encanações... Depois de um tempo, ele disse:

— Sabe, sempre tive a impressão de que todo mundo estava de olho em mim. Todo mundo. A família, os professores, as garotas, o mecânico do meu carro, o porteiro do meu prédio, o cara da padaria, o jornaleiro...

— Você é meio paranoico — disse dando um tapinha no seu ombro.

Ele continuou:

— Agora... estamos sozinhos. É tão estranho, mas estamos sozinhos. Não tem ninguém de olho em mim. Posso me sentar em qualquer lugar, entrar em qualquer lugar, gritar, nadar pelado, fazer o que quiser que não incomodo ninguém.

Abriu os braços, olhou para mim e disse:

— Estamos livres...

Livres?

* * *

Voltamos para São Paulo à noite. Martina passou por nós sem fazer qualquer comentário. Eu estava cansado. Antes que começassem a discutir, fui para o meu quarto. Tranquei a porta. Me deitei. Será que a explosão de Cubatão tem algo a ver com tudo aquilo? Só perguntei. Não respondi. Afundei a cabeça no travesseiro. Livres. Estávamos livres? Uma porta bateu. Martina chorando. Me afundei mais no travesseiro e no colchão. Entre a vida e o sonho, apostei no sonho. África!

Era estranho andar por São Paulo à noite, sem nenhum teatro ou cinema ou restaurante ou bar ou uma porra qualquer para ir. Era estranho não ver os milhares de carros levando casais a um programa misterioso, não ver uma garota expondo o corpo numa pista de dança qualquer. Onde estavam os mistérios de uma esquina mal iluminada, o beco sem saída, o mendigo tropeçando nos próprios calcanhares de bêbado, o balcão de bar, o travesti de bunda de fora, o chofer de táxi sonolento, o adolescente fumando nervoso? Onde estavam as peregrinações da vida e da morte? Onde estava a noite?

— Se isso estivesse funcionando, te convidava prum cineminha — ele me disse quando passamos em frente ao Cine Belas Artes.

Pensei se não poderíamos entrar e ligar o projetor. Poderíamos.

Descemos a rua da Consolação. A maioria das lâmpadas nos postes ainda estava acesa. Até quando? Não por muito tempo, tínhamos certeza. Fomos até a Boca. Os neons e luminosos continuavam acesos. Porteiros duros e prostitutas ainda se ofereciam pateticamente a fantasmas. Paramos o carro na Boate Hollywood. Uma nuvem de fumaça se espalhou com a abertura da porta. Uma lâmpada vermelha piscava no teto. Meninas sem roupas faziam poses sensuais, num palco cercado por espelhos. Lembravam manequins de vitrine de loja. Vários homens sentados ao redor olhavam indiferentes. Mário pulou o balcão e voltou com uma garrafa de vodca e dois copos. Sentamos de frente para as meninas.

— Será que elas não estão sentindo frio? — perguntei.

Mário segurou um cinzeiro de vidro, mirou o teto e jogou, acertando em cheio a frenética lâmpada. Pausa.

— Sabe o que é engraçado? — perguntou.

— O que é engraçado? — perguntei.

— Parece que estamos numa grande exposição de fotografias. Fotografias em três dimensões. São Paulo se transformou numa galeria de arte, cheia de fotografias...

Não era engraçado. Não era nada. Mas era uma grande galeria de arte cheia de fotografias.

— Olha só — disse apontando para as meninas peladas. — Não parece uma foto?

Parecia. Principalmente por elas estarem brilhantes, como os funcionários do metrô, cobertas por plástico transparente. Olhei mais de perto. Não era plástico. Não era nada. Apenas impressão.

— Nós já não estivemos aqui antes? — ele perguntou.

Não me lembrava. Era verdade que a maioria daquelas casas tinha a mesma cara. Era verdade que já havíamos estado numa boate da Boca. Mas a Hollywood? Jamais guardava detalhes dos lugares a que íamos. Como um caipira de Sorocaba, sempre me sentia como se estivesse invadindo propriedade alheia quando ia a lugares noturnos. Um penetra.

Depois que Mário ganhou o seu carro, nos preocupamos mais intensamente com a vida noturna da cidade. O problema era que não conhecíamos os lugares moderninhos, com gente moderninha, falando de coisas moderninhas. Íamos a locais sem nenhuma referência, sem saber se eram modernos ou antiquados, sem saber qual papel os fregueses representavam, por vezes nos metendo em emboscadas. Uma noite, esperando um farol abrir, fomos atraídos pelo ânimo do grupo que estava no carro ao lado. Quando acendeu o verde, passamos a seguir o tal carro, decididos a realizar o mesmo programa que eles. Eram duas garotas e um sujeito que, divertidos, riam e apontavam para pedestres nas calçadas: desatentos na avenida, balançavam a cabeça num ritmo qualquer acompanhando uma música do rádio. Eram animados. Numa alameda estacionaram e desceram agitados. Seguimos o grupo. Compraram bilhetes num cinema e entraram.

— Você já viu esse filme? — perguntei a Mário.

— Sei lá! — respondeu tirando a carteira do bolso e comprando o ingresso.

Duas horas depois, estávamos novamente atrás deles, seguindo-os com cuidado para não sermos notados. A menina guiava muito rápido, o que levou Mário a imitá-la com prazer. Finalizaram a noite entrando num motel. Ficamos escandalizados. Os três?

O roubo do cotidiano dos outros virou rotina. Entramos em milhares de filmes, peças e shows atrás de figuras anônimas. Vários vernissages, exposições, festas, sem despertar a menor suspeita. Era como se não tivéssemos personalidade, gosto ou objetivo. Entregávamos uma noite inteira aos outros. A regra era: escolhido o carro, teríamos de segui-lo sem objeções.

Eu e Mário ficamos em silêncio vendo a "fotografia" das strip-girls: o silêncio para nós não era constrangedor. Percebi que estava sentindo saudades da multidão nas ruas, dos bares cheios, da fumaça de cigarro, do "com licença", "um passinho à frente, por favor", "o senhor vai beber alguma coisa?", "quanto custa?", "muito obrigado".

— Vocês vão ficar nesse estado por muito tempo? — perguntei em voz alta. Mário me olhou estranhando.

Acordei cedo, encontrando Martina perdida na cozinha. Foi a primeira vez que ela acordou antes de mim.

— O que está acontecendo com seu amigo? — perguntou invadindo meu estado sonolento. Martina nunca fazia rodeios: ia direto ao assunto.

Me concentrei, apesar das estrelinhas que passeavam na minha cabeça. De manhã eu era péssimo para conversar.

— Talvez ele não goste mais de você — também não fiz muitos rodeios.

— Isso eu já tinha percebido. O problema é que ele tem me tratado como se eu fosse uma imbecil. Você sabe que eu não sou uma imbecil. Acho que não está sendo fácil para nenhum de nós — ela prosseguiu. — Eu também estou sofrendo...

Olhou para o chão como se não estivesse aguentando o peso da cabeça. Algumas lágrimas apareceram. Fiquei sem graça. Ela se recompôs e assoou o nariz num lenço. Nossa, ela estava muito triste.

— Eu preferia estar na minha casa e que nada disso tivesse acontecido... E ainda por cima vocês me tratam como se eu não existisse.

Comecei a ficar triste.

— Eu estou tão sozinha...

Triste. Toquei em sua cabeça. Nos abraçamos. O choro aumentou. Suas lágrimas molharam o meu ombro. Ela se virou, enxugou os olhos, me encarou e pediu desculpas.

— Por favor, me ajuda. Ele não fala comigo. Eu estou sofrendo...

Se recompôs mais uma vez e desgrudou de mim. Abriu a torneira e lavou o rosto. Com uma voz engasgada, anunciou:

— Já tomei uma decisão. Só estava esperando você acordar. Vou ficar um tempo na casa dos meus pais.

Reparei na mala feita no canto da cozinha.

— Mas por favor, Rindu, não me despreze. Não você.

— Não é melhor a gente ficar junto? — tentei convencê-la.

— Tudo bem — ela tocou no meu rosto. — Eu vou estar bem...

Ficamos em silêncio olhando o chão. Não parecia mais aquela menina contadora de histórias. Muito menos a enclausurada, sentada sempre no mesmo canto do sofá, lendo sempre o mesmo livro. Ela estava triste, muito triste. E como se não bastasse, me deixou triste também.

— Bom — ela falou me chamando a atenção. — Te cuida, tá?

Deu um sorriso e um beijo na minha testa.

— Você sabe onde me encontrar...

— Martina, deixa disso...

Ela se foi.

Mais tarde, Mário acordou, se sentou na mesa feito um porco e perguntou:

— Onde está aquela babaca?

Não respondi.

Martina foi decidida. Se instalou na casa dos pais sem dar notícias por um bom tempo. Mário nem ligou.

— Ótimo, estou em paz!

Fiquei sensibilizado com seu sofrimento solitário, indo visitá-la alguns dias depois. A recepção foi calorosa.

— Rindu, que bom que você veio... — me deu um forte abraço.

Ficou horas falando sem parar, contando da limpeza que fizera na casa, dos pratos que estava cozinhando, dos livros que estava lendo. Disse que tinha parado de estudar para o tal exame (já era tempo). Ela tinha encontrado um caderno cheio de anotações, onde havia escrito algumas confidências da adolescência. Leu para mim uma passagem. Uma bobagem qualquer a respeito de umas férias em que ela andou a cavalo. Gastou páginas descrevendo o cavalo. Não era boa escritora. Sentado tímido, com as mãos no joelho, eu participava com breves "puxa", "é mesmo", "e depois". Ela prosseguia rindo das besteiras que tinha escrito e de como era ingênua. Eu ria também. Passei a roer a unha do mindinho esquerdo, que já tinha crescido um pouquinho (enfim!). Depois, Martina se emocionou quando disse da aflição que sentia em dormir no quarto vizinho ao de seus pais endurecidos. Sempre amou a família, especialmente sua mãe, que considerava sua melhor amiga, capaz de guardar os segredos mais íntimos da filha. Engasgou quando se lembrou de como a mãe ficara preocupada na primeira decepção amorosa; com um tal de Flávio. Ela fez cara de nojo quando se lembrou do sujeito; as mulheres sempre com cara de nojo quando se lembram de um antigo namorado. Quebrando um longo silêncio, ela deu um sorriso e me ofereceu um chá. Aproveitei a deixa para lhe pedir mais uma vez que voltasse. Sua resposta foi resumida por uma frase:

— Existem coisas entre um homem e uma mulher que nem uma bomba atômica resolve.

Fiquei boquiaberto: achei a frase meio exagerada.

— Como ele está? — perguntou interessada.

Percebi que ela olhava com atenção as várias colheradas de açúcar que eu punha na xícara de chá.

— Está bem — respondi ansioso para que ela mudasse de assunto.

— Você não devia pôr tanto açúcar. Estraga o gosto.

Parei, recolocando a colher no açucareiro.

— Você é tão engraçado... — ela disse rindo.

Foi um péssimo comentário. Nunca antes alguém me dissera que eu era engraçado!

— Você está bem? — perguntou maternalmente após me servir.

Dei um gole no chá.

— Não. Não está — ela respondeu por mim. Foi um alívio já que eu não sabia o que estava sentindo. — Você está triste...

Eu estava triste, era isso que eu estava sentindo.

Encontrando Mário, falei de Martina, de como ela estava sofrendo. Ele foi claro:

— Você não tem nada com isso.

Talvez não tivesse mesmo.

— Como é que se liga isso?

— Sei lá. Não é você o engenheiro? — perguntei.

Fez uma cara de sabido, voltou a examinar os painéis e disse por cima dos ombros:

— Fácil!

Mexeu em alguns botões, girou o seletor de canal, deu uma porrada no monitor e perguntou categórico:

— Será que não tem um manual por aí?

Fui ver se os fios estavam conectados. Saí da loja, olhei para a imponente antena parabólica. Sei lá! Deve estar ok. No entanto, a imagem do monitor se mantinha cheia de rabiscos e sem nenhum som. Deixei Mário à vontade com o aparelho complicado e fui sondar a loja.

Numa outra seção, encontrei o que procurava: um videoclube. Já estava fazendo coleção de filmes: via um quase todas as noites. Eram os únicos seres humanos que se movimentavam, falavam, viviam. Estranhava assistir a um filme e em seguida sair por nossas ruas desertas. A paisagem deserta é monótona. É como ficar um dia inteiro olhando para a mesma fotografia. Sentia falta do colorido dos transeuntes: roupas abóbora, verdes, vermelhas... Pessoas de vários formatos. Gordos desengonçados. Camelôs aleijados. Uma menina lambendo um sorvete, um pai carregando um filho nos ombros, um vendedor de balas, outro de bolas. Porém, me distraía com os atores maquilados, obedecendo aos berros de um diretor e de um produtor: "Represento, logo existo!". Não era a mesma coisa, mesmo assim eu estava assistindo a uma porrada de filmes; qualquer dia meus sonhos seriam legendados.

Mário resmungou qualquer coisa. Ao me aproximar notei que havia algumas imagens no monitor. Estavam pouco nítidas e com vozes que arranhavam os alto-falantes.

Vários homens sentados ao redor de uma mesa. A imagem saía do ar e voltava, ficando neste vaivém por algum tempo.

— Esta antena está voltada para um satélite perto do Brasil.

— O que esses caras estão fazendo aí? — perguntei incrédulo.

— Sei lá. Podem ser marcianos. Podem ser da África — disse me batendo no ombro.

África!

Ou não estávamos sozinhos, ou começávamos a delirar.

— Vai ficar com essa cara de bunda? — reclamei dando um tapinha no seu ombro.

Ele fumava sem parar, apoiado na janela do carro, pensativo, com um ar entristecido; às vezes ele me roubava essa personagem. O engraçado é que quando Mário ficava assim, imediatamente me batia uma agitação esquisita: tentava animá-lo, falava sem parar para levantar o seu astral. Talvez tenha sido o equilíbrio que tanto nos uniu: quando um segurava, o outro empurrava.

Tocava a buzina com insistência, gritando pelas ruas do subúrbio.

— APAREÇAM, SEUS VEADOS! ALÔ... VAMOS!!! TEM ALGUÉM AÍ?

— Se você continuar falando "veado", ninguém aparece — reclamou Mário. Estava começando a melhorar o humor.

Na Marginal do Tietê, cruzávamos com placas que indicavam as estradas para outras cidades. Rio de Janeiro. Belo Horizonte. Brasília.

— Vamos dar uma viajada — sugeri. Eu estava elétrico.

— Não. Melhor não.

— Por que não? — perguntei.

Ele demorou para responder.

— Pelo menos aqui não tem sobreviventes neuróticos perambulando por aí ou nos atacando.

— Vamos viajar. Melhor que ficar mofando nesta cidade.

Foi pura provocação. Eu não queria nem um pouco viajar. Medo.

— Mofando? Então arruma alguma coisa pra fazer!

Não respondi. Para se manter a amizade era preciso também uma dose de surdez. Um pacto de complacência.

Chegamos em casa já ao anoitecer. Eu continuava animadinho. Tomei um banho caprichado e desci para mais uma aventura cinematográfica. Estiquei as pernas, estalei os dedos e fumei mais um, atento às emoções da sétima arte. Era um western, desses bem violentos. Mário desceu mais tarde. A cidade de Ouro Vermelho já estava em chamas, seis otários assassinados e o bandido com uma tremenda loira no colo. Ele se sentou ao meu lado (não o bandido), abriu uma garrafa de gim e ficou olhando para a tela sem perguntar do que tratava o filme. Olhava sem prestar atenção, longe, muito longe. Bebia no gargalo, bufava, olhava para a tela e ia para longe. Ficou em silêncio, repetindo esses gestos até o final do filme.

— Você é parecido com ela — eu disse. — Enquanto você viajava e soltava os cavalos do Jóquei, ela ficava nesta mesma posição, com a mesma cara. A diferença é que ela lia. Era mais esperta...

— Cala a boca!

Às vezes, a tal complacência derretia.

Uns dias depois, quando abri a janela do meu quarto, vi uma grande faixa pendurada no muro da frente.

REUNIÃO DOS SOBREVIVENTES
HOJE, DUAS DA TARDE
NO CENTRO DE CONVENÇÕES REBOUÇAS
COMPAREÇAM!

Martina. Só podia ser.

Fomos a pé, já que o Centro de Convenções ficava perto. Não sei por quê, resolvi me vestir bem; raspei a barba, penteei o cabelo e passei um perfume que eu havia ganhado quando tinha uns 10 anos. Acho que queria impressionar os "sobreviventes".

Mário caminhava tropeçando nas fendas da calçada. Estava bêbado. Não dissemos uma palavra. Eu estava animado, ansioso por chegar à reunião.

— Acho que vou me candidatar a líder dos sobreviventes. Talvez a prefeito da cidade. Farei um grande mandato, você vai ver — eu estava infernal.

Logo no hall de entrada, outro cartaz. A mesma letra.

REUNIÃO DOS SOBREVIVENTES — 2º ANDAR

Subimos por uma escada; tive de ceder meu ombro para ele se apoiar. Entramos numa sala de reunião que tinha uma mesa redonda, cadeiras e um crucifixo na parede.

— Ah, ele também sobreviveu! — exclamei apontando para o crucifixo.

Mário riu.

No centro da mesa, uma bandeja com bule, xícaras e um açucareiro. Café quente. Até nisso ela tinha pensado. Eu me servi pensando se muito açúcar estragava também o café. Antes que a porta abrisse, enchi a xícara de açúcar e tomei o café num gole. Limpei com a manga do paletó o pouco que caíra sobre a mesa. Finalmente Martina entrou. Estava bonita, com uma cara viva, bronzeada. Quando me viu, sorriu e me deu um longo abraço. Logo em seguida, disse um oi para Mário e me perguntou como eu ia indo.

— Eu estou ótimo.

Sentou-se de frente para Mário e insistiu para que eu me sentasse ao seu lado. Recusei educadamente, preferindo permanecer de pé; não queria criar atritos. Ela começou o discurso.

— Não vamos esperar os outros "sobreviventes"? — interrompeu Mário irônico.

Ela fingiu que não ouviu. Continuou.

— O tempo está passando e estamos nessa situação sem muita escapatória. Estou ficando preocupada com o que vai acontecer.

Martina se levantou, apoiou as duas mãos na mesa e falou num tom sério, representando sua personagem favorita:

— Qualquer sociedade vive em função de uma meta, uma ideologia. Nós três atualmente formamos uma microssociedade que precisa de alguns objetivos mais palpáveis. Podemos deixar o tempo passar, esperar que tudo volte ao normal, ou que chovam mortais. Mas a espera só pode nos levar à loucura. Faz o quê? Dois meses?

— Tentamos fazer contato com algum sobrevivente. — Mário interrompeu.

— Certo! Mas só isso basta? Estou tentando desenvolver uma ideia mais profunda...

— Profunda... — repetiu Mário balançando a cabeça.

Se olharam rispidamente. Percebi que o crucifixo estava ligeiramente torto, alguns graus de diferença com as linhas da parede. Fiquei perturbado com isso.

— Você parece uma socióloga falando em sociedade, ideologia — reclamou Mário.

— O que você tem contra essas palavras? — perguntou Martina.

Continuava aflito com o crucifixo.

Caminhei até a parede e com um leve toque na base desentortei-o. Martina continuou pacientemente:

— Somos o que está parecendo, uma raça em extinção. Algum fenômeno idiota acabou com a humanidade, por enquanto.

— Ainda é cedo...

O crucifixo voltou a entortar. Arrumei de novo mexendo no prego que o sustentava.

— O que você propõe? Esperar alguém descer no aeroporto procurando por você?

— E o que você propõe? — ele perguntou finalmente para Martina.

Ela se inclinou na cadeira e disse:

— Temos o dever de continuar a espécie. Somos os escolhidos. Cabe a NÓS a tarefa de dar prosseguimento ao que já foi construído. Tenho um filho com Rindu, outro com você e assim por diante. Podemos iniciar um estilo novo de sociedade.

— Que besteira! — interrompeu Mário indignado. — Você tem tanto amor assim pela espécie humana?

Acabou de falar. O crucifixo foi ao chão. O prego não aguentou.

— Ela realmente se sente na responsabilidade de continuar... Bobagem.

— Estou me referindo à nossa própria sobrevivência. Senão, vamos ficar malucos — ela insistiu.

— Eu não vou ficar maluco, pelo contrário, estou até me sentindo melhor — ele mentiu.

— Por que você não me leva a sério? — ela partiu para o plano pessoal.

— Como vou te levar a sério com esse plano de engravidar, fantasiando criancinhas? — ele apelou.

— E o que você entende de gravidez? — ela revidou.

— Não entendo, mas sei que é diferente de brincar de bonecas.

Imaginei Martina rodeada por dez crianças, em frente a um quadro-negro, ensinando seus princípios de uma nova sociedade, exalando felicidade por todos os poros, com um troféu de mulher do ano enfeitando o berço do mais novo.

— Muito bem, e quando você quer começar? — perguntou Mário desabotoando a calça.

— Eu não acredito!!! — ela gritou. — O que você tem na cabeça?

— O que você tem na cabeça? — ele devolveu.

Deixei o crucifixo em cima da mesa e saí sem ser notado.

À noite, fiquei sentado no meu lugar preferido, hipnotizado pelos movimentos na tela da televisão. Mário entrou quebrando minha total concentração nas aventuras de um soldado solitário. Foi direto à cozinha, voltando com sua garrafa preferida. Estava deprimido.

— Dei um soco na cara daquela menina. Recebi de troco uma cadeira nas costas.

— Bravo! — comentei.

— Discutimos desde quando você saiu, até nos atracarmos.

— Que romântico...

— Ela saiu correndo e eu fui atrás. Agarrei ela e tentei um beijo.

— Choveram pétalas de rosas?

— Ela me mordeu até conseguir se soltar — me mostrou marcas de dentes em seu braço. — Acho que sou um idiota.

Encostou a cabeça na poltrona e, olhando para o infinito, não disse mais nada. Era um idiota.

Voltei a prestar atenção no filme. Meu soldado solitário estava cercado por agentes da Gestapo. Se atirou da janela do trem em movimento caindo num amontoado de feno. Limpou seu casaco com as mãos, riu do trem que seguia viagem, acendeu um cigarro e continuou pelos trilhos solitariamente. Era um soldado e tanto.

Rodava pela avenida Celso Garcia para mais uma viagem de... reconhecimento; na realidade, quando não tinha o que fazer e queria ficar sozinho, saía pela cidade. Uma grande muralha circundava um casarão com uma placa:

FUNABEM

FUNDAÇÃO NACIONAL

PARA O BEM-ESTAR DO MENOR

Pulei o muro. Passei pelo casarão que parecia ser a parte administrativa. Atravessei um extenso gramado: talvez um campo de futebol. O vento estava forte, muito forte. Eu caminhava com cuidado, com os ouvidos e olhos atentos (má influência dos filmes de guerra a que estava assistindo). Era um "alvo" fácil naquele campo aberto. Cheguei perto de uns galpões, todos fechados. Forcei a porta do maior deles; a maçaneta estava enferrujada. Um vigia estava sentado imóvel com uma barra de ferro perto de si. Segui um corredor até abrir uma porta dupla. Vi o enorme dormitório repleto de beliches onde uma porrada de menores dormia de calção, cuecas, estirados, de bruços, completamente imóveis. Alguns dormiam no chão, porque não havia camas para todos; eram os mais fraquinhos. Observei cada um, garotos de 15 a 18 anos, com expressão levemente triste. Fiquei triste. E a coisa mais fácil do mundo era me deixar triste.

Não havia outros móveis no quarto. Só beliches. Numa outra porta, encontrei um guarda-roupa coletivo. Tudo largado em prateleiras que iam do teto ao chão. Imaginei a prole de Martina dormindo em beliches, num grande quarto com armário coletivo e sendo preparada para dominar a cidade. Haveria quartos masculinos e femininos? Não. Iriam dormir todos juntos. E a iniciação sexual? Permitiríamos que garotas de 11 anos transassem com os moleques? Talvez. Iríamos manter a monogamia? Virgindade antes do casamento? Talvez. E se predominasse o homossexualismo? A "espécie" a que Martina se referia desapareceria. E quanto à religião? Jesus? Moisés? Buda? Maomé? A propriedade seria abolida? Bonecas coletivas? E quem seria chamado de "papai", eu ou Mário? Papai-A e papai-B? A que tipo de filmes eles teriam permissão de assistir? Drogas?

Encontrei Mário agarrado a uma mangueira, lavando o seu carro. Lavando o carro...

— Hoje é domingo? — perguntei.

— Vou sair por aí; dar uma paquerada, já...

Fez uma pausa comovente. Tentou ser engraçado e acabou se entregando. Parecia cansado. Falou num outro tom:

— Eu fui até a casa dela hoje. Mas ela não estava. Toquei a campainha umas dez vezes. Acho que não tinha ninguém. Ela tinha o direito de não abrir a porta se não quisesse me ver. Mas acho que ela não estava. Responderia se estivesse.

Ele disse desligando a mangueira:

— De uma coisa eu tenho certeza: não quero ter filhos. Isso é ridículo!

Subimos a rua Augusta. Era noite e eu estava guiando, completamente bêbado. Precisava de toda a pista para conseguir guiar, já que as luzes se fundiam na minha frente, como formas embaçadas, engraçadas. Os postes não paravam de balançar. Malditos postes! Eu ria feito um cavalo. Mário, mais acostumado com o álcool passeando nas veias, gritava ao meu lado às gargalhadas:

— Olha o poste!

Em cheio. Bati de lado, amassando toda a lataria. Parei, olhei para ele. Gargalhamos. Continuamos. Dane-se o carro! Cruzando a avenida Paulista, diminuí a velocidade quando não distingui mais a rua da calçada. Cheguei a jurar que podia entrar com o carro numa lanchonete. Parei, fiz a manobra ficando bem de frente. Ele gritava:

— Não dá!

Eu gritava:

— Dá!

Não deu. Amassei toda a frente do carro. Porra, jurava que dava. Merda de porta!

Quase no final da rua, paramos o carro ao lado de duas meninas de minissaia encostadas a um outro carro. Mário, abaixando a janela:

— Vocês têm as pernas mais bonitas da cidade...

Eu me estourei de rir.

— Esse aqui é o Rindu. Ele fica assim quando vê muita televisão.

— Oi — acenei envergonhado.

— Vocês não querem juntar esses dois pares de pernas bonitas com outros dois pares mais cabeludos?

— Olha aqui — levantei minha calça e mostrei.

— Qual é o preço?

— Shhhhh! — protestei. Mário era um grosso. Não entendia nada de mulheres.

— Ué, são prostitutas, estão trabalhando.

Não entendia nada de mulheres. Um babaca ao lado de duas meninas tão inocentes e que tinham pernas bonitas.

— Nós estamos muito solitários. Fomos abandonados por todo mundo — ele disse meio melancólico.

Eu me estourei de rir novamente.

— Venham com a gente. Meu amigo sabe contar ótimas piadas.

Eu nunca soube contar piadas.

— O carro está meio amassado, mas é que têm uns postes por aí que não sabem dirigir — ele era bom de conversa.

Ousadamente desceu do carro. Eu o imitei: abri a porta e desci. Começou a me subir um forte mal-estar do estômago. Respirei fundo. Ele falava fazendo carinho no cabelo de uma delas:

— Todo mundo foi embora! Só ficamos nós...

Não ouvi mais nada. As luzes passaram a girar.

Meus lábios coçavam. Tudo estava girando. Se concentre! Observei as duas sorrindo. Que pernas... Uma delas piscou para mim. Fiz força pra retribuir dando um sorriso, mas meus lábios não me obedeceram. Mordi, mordi sem sentir nada. Meus lábios morreram! O corpo não estava aguentando. Fechei os olhos. Se concentre! Mário estava entretido. Falava sem parar, já com o braço ao redor de uma delas. Preciso ir até lá. As luzes giravam novamente. Mário apontava para mim dizendo alguma coisa. Elas riram. Gargalharam. Tentei retribuir. Olhei para o céu. Apaguei.

Acordei com a cabeça chumbada na cama. Fiz um esforço descomunal para me erguer. O lábio já tinha mais ou menos ressuscitado. Eu estava de roupa e sapatos. A boca completamente seca. Ressaca. Enfiei a cabeça debaixo da torneira e bebi mais de um litro d'água. Me olhei no espelho e quase desmaiei: tinha olheiras do tamanho de um prato.

Uma música vinha do térreo. Desci encontrando Mário sentado na frente do aparelho de som.

— Você podia pelo menos ter tirado meus sapatos — reclamei.

Me sentei perto dele e perguntei no seu ouvido:

— E aí, como foi com as garotas?

Minha cabeça doía a cada acorde. Reclamei:

— Tira esse disco!

— Não é disco.

Era o rádio que estava ligado. Como? Fiquei arrepiado.

— Alguém veio aqui e ligou. Quando acordei, encontrei a porta aberta. Você sabe que frequência é essa?

100.9 Mhz. Uma rádio num prédio da avenida Paulista. Fomos para lá. No carro, ligamos o rádio. As músicas se sucediam, até que, num dado momento, entrou a voz de alguém:

"ALÔ, OUVINTES DA RÁDIO. ESTAMOS TRANSMITINDO EM CARÁTER EXPERIMENTAL, DEPOIS DE UM TEMPO EM QUE FICAMOS FORA DO AR POR PROBLEMAS TÉCNICOS..."

No prédio, a maçaneta da porta da frente tinha sido forçada. Atingimos o último andar por um dos elevadores. Entramos num salão. Mesas, telefones, máquinas de escrever... Atrás de uma parede de vidro, avistamos Martina, com um headphone na cabeça, ao lado de uma porrada de fitas e um sofisticado equipamento.

Ele entrou no estúdio e ficou de frente para Martina. Trocaram algumas palavras. Trocaram um longo abraço. Um beijo. Comovido, deixei os dois a sós.

Mário não dormiu em casa naquela noite. Encostei a cabeça no travesseiro. Estava tudo muito quieto. Comecei a ter pensamentos sem nenhuma lógica, rostos, paisagens. Eu, criança, cercado pelos meus pais. Eu levando Clóvis e Cláudio para o estádio de futebol. São Bento entrando em campo. O campo de trigo na estrada. Eu estava sozinho. Quando ficava sozinho pensava em muitas coisas ao mesmo tempo. Tudo bem ficar sozinho. Tudo bem. Me imaginei fazendo amor com a pequena prostituta de pernas bonitas. Me imaginei fazendo amor sobre um tapete branco, peludo. Ela não mudava de cara; sempre sorrindo, como uma estátua de gesso. Suas pernas não se mexiam. Brilhavam. Me lembrei da primeira vez que Cíntia Strasburguer arrancou o vestido e ficou nua na minha frente. Fiquei cinco minutos olhando para ela, boquiaberto. Parecia um corpo fosforescente; desvendando os segredos. As mulheres ficam diferentes quando estão sem roupa. Cíntia Strasburguer era outra. Era calma. Era frágil. Era um pouco envergonhada. Era um pouco quieta. Ela, que gostava tanto de discutir, sem roupa não falava nada. Tinha outra cor. As mulheres ficam muito diferentes quando estão sem roupa. Muito. Me lembrei de Mário, tirando a roupa e entrando no canal da Ponta da Praia, em Santos. Suas pernas nadando. Seus braços esticando como borracha. Suas costas tensas. Molhadas, arrepiadas.

Não consegui parar de pensar. O passado e o presente se misturavam. O passado e o presente não tinham a menor importância. O futuro não tinha a menor importância: fotogramas soltos, espalhados na minha cabeça. Uma bola de gás, solta na atmosfera. Eu não precisava viver. Bastava embaralhar os fotogramas. O presente pouco importava. Bastavam os fotogramas. Tirei a roupa e dormi. Dormi pelado.

O casal vez ou outra vinha almoçar comigo, mas dormia fora. Apesar de curioso, estava com preguiça de perguntar onde. Eu os tratava educadamente. Pareciam envolvidos num romance exclusivo, intenso, sem papel para uma terceira personagem. Ele espalhou por toda a cidade vários aparelhos de rádio, sintonizados na estação de onde Martina transmitia diariamente. Ela misturava músicas com avisos aos supostos sobreviventes. A cidade ficou barulhenta.

Fiquei entediado.

Fiquei solitário.

Minha única diversão era procurar lugares de onde eu pudesse ver, nos fins de tarde, o pôr do sol. Não perdia um. No topo de edifícios, nas praças, nos morros. Via a cidade, o céu e o avermelhado do pôr do sol. Não sei por que fazia aquilo. Aliás, eu nunca sabia por que fazia uma porrada de coisas. Mas eu gostava de ver as muitas tonalidades que o céu ganhava nos fins de tarde. Gostava principalmente de ver o sol afundando no horizonte. "O sol não é apenas novo a cada dia, mas sempre novo continuamente", era o que estava pichado numa pracinha. O universo em expansão. Assim são as coisas.

Um dia eu quis mais, muito mais. Fui ao mirante do Pico do Jaraguá. Lá eu via tudo. A cidade imóvel e o céu se transformando a cada minuto. As luzes da cidade piscando, a luz do sol explodindo. As ruas sem saída, o infinito do universo se expandindo contra todas as forças. A lei da desordem, da perfeição, do equilíbrio, da entropia. Eu desejava ser uma parte dele. Eu gostaria de ser tudo. Menos um sujeito perdido numa cidade perdida num deserto de tijolo. A cidade me deixava vazio. O Universo, não. Entropia... Perfeição.

O casal veio me visitar interrompendo as aventuras do primeiro astronauta americano a ir para o espaço. Fazia tempo que eu não via os dois. Desliguei o vídeo, ofereci um vinho gelado e ouvi. Propuseram morarmos todos juntos, mais bem instalados. Montar uma fortaleza bem equipada. Me lembrei de quando eu era criança; adorava construir castelos de areia. Mas quando eles ficavam prontos, deixava a água derrubá-los. Montar uma fortaleza bem equipada...

— Somos donos da cidade inteira. Por que morar num sobradinho escroto?

Mário me ofendeu. Sobradinho escroto! Eu era superapegado àquela casa. Tive uma lembrança idiota: há muito não pagava aluguel. Eu sempre tinha lembranças idiotas quando discutíamos coisas sérias.

Martina disse que queria se sentir dona do lugar onde morasse. Estranho, ela nunca tinha morado em outro lugar que não na casa dos pais.

— Podemos ir para um lugar mais espaçoso.

Eu fingia estar ouvindo com interesse. Mas não estava. Eles falavam, eu não entendia nem pensava se era certo ou errado, se era bom ou ruim. Eu só ouvia. Acho que porque fazia tempo que eu não os ouvia, que eu não conversava com alguém. O astronauta americano só falava com as estrelas. Comigo não.

— Vamos morar num lugar grande.

Para mim, tanto fazia. Uma casa grande, um castelo, uma gruta. Me lembrei de quando era criança. A coisa que mais queria era ter um aparelho que me deixasse pequeno, mínimo, do tamanho de um dedo. Só assim poderia saber como eram por dentro os castelos de areia que eu construía.

Passaram toda a noite tentando me convencer. Eu não sei o que respondi, mas num dado momento eles ficaram felizes, me abraçaram, me aplaudiram. Eu devo ter concordado, não me lembro.

— Isso! — Martina disse. — Já pensamos em quase tudo. Uma casa com quintal para podermos plantar uma horta. Perto do Centro: se acontecer alguma coisa a gente fica logo sabendo. Concorda?

— Concordo — naquele momento eu responderia qualquer coisa. Eles estavam me deixando cansado.

— Ótimo! Você conhece uma casa enorme que tem na avenida Paulista? Esquina com a Pamplona?

Conhecia. Era uma casa enorme. Ocupava a metade de um quarteirão. Uma casa amarela. Enorme.

* * *

Não foi difícil entrar na casa. Martina pegou um molho de chaves do bolso do vigia duro na guarita. A casa estava abandonada: o jardim descuidado, estátuas empoeiradas, bancos de ferro enferrujados. Era em estilo mediterrâneo, neoclássico, burguês, sei lá que estilo era aquele. Tinha uma grande porta de correr de frente para a avenida; provavelmente usada em dias de festa. Eu estava inseguro por invadir propriedade alheia. Ainda não me acostumara. Talvez nunca me acostumasse. Era um covarde por natureza.

Entramos na mansão por uma porta lateral, que parecia ser a mais usada. Logo de cara, o enorme lustre de cristal do hall fez da nossa entrada um espetáculo; um efeito esplêndido: refletiu pingos de luz por toda a parte. Um supersticioso diria que era um bom sinal. Eu, que era esplêndido.

Dali saía uma escada de mármore com um monte de quadros na parede: membros da família. Havia uma grande sala à esquerda: móveis pesados, mais quadros, uma estante de vasos raros e uma esquisita poltrona com cabeças de elefante no encosto esculpidas em marfim. Martina era a mais à vontade. Mexia nos cinzeiros, olhava os tapetes, abria os armários, examinava as janelas, cortinas, era uma menina supercuriosa. Mais adiante, uma sala de jantar para 15 pessoas (contamos). Uma cozinha que parecia de restaurante. Despensa. Na outra ala, biblioteca e, finalmente, o salão de frente para a avenida, com um piano de cauda e piso de mármore. Num impulso, abri a grande porta de correr.

— O que você acha? — perguntou Mário.

— É tudo seu agora — disse tocando um acorde desafinado no piano.

No segundo andar, no fim de um corredor cheio de portas, um quarto gigantesco; o maior quarto que já vi na minha vida. Cabiam umas quinhentas camas. Mas só havia uma. Uma cama à Luís xv (ou xiv, ou xiii...) onde estava deitada uma velhinha elegante, confortavelmente enrolada num cobertor felpudo. Uma condessa. À sua volta, vários gatos parados, olhando para nós como se tomassem conta dela, da velhinha elegante, simpática, condessa.

— Deve ser a dona — disse Martina.

Havia espelhos por toda parte; era uma mulher narcisista. Fui até o banheiro, no décimo espelho à direita. Um banheiro também enorme, de ladrilhos pretos. O banheiro dela era preto! Estranho... Fechei a porta e me sentei na privada acolchoada. Senti um frio na espinha. Saí da privada. Não tive coragem de fazer nada: era um banheiro muito elegante, e preto! Na pia, uma infindável coleção de sabonetinhos de todas as cores, cheiros e formatos. Lavei as mãos com um que tinha a forma de uma orelha.

Eles decidiram muito rápido. Eles sempre decidiam tudo muito rápido. Mudaríamos para lá, sem mais nem menos. E eu estava com uma preguiça... Passei minha última noite no sobradinho de Pinheiros olhando tudo com carinho, saudade. Imaginei que se por alguma razão o fenômeno terminasse de um momento para o outro, eu teria de dar muitas explicações para aquela velhinha. Antes que ela dissesse qualquer coisa, eu beijaria sua mão reverenciando-a e diria "a senhora está mais jovem do que nunca...". Elas adoram ouvir esse tipo de coisa.

Olhava para o meu quarto, minha cama, as bobagens penduradas nas paredes. Saudade... (eu nunca fui disso, mas a preguiça...). O universo em... preguiça.

* * *

O casal estava de ótimo humor: se beijavam a cada cinco minutos, cantavam, dançavam carregando os "mantimentos"... Eles estavam muito felizes. Enchemos um pequeno caminhão com todas as bobagens que eu tinha colecionado: fitas, discos, vídeos, roupas. Deixamos a maioria das coisas para trás, já que faríamos novas instalações na mansão: novos petiscos eletrônicos. Deixei o "sobradinho escroto" sem frescura: ele estaria sempre lá, pronto para me receber. Além do mais, já não estava com tanta preguiça.

Ajudei na arrumação da mansão. A primeira coisa que fiz foi abrir todas as portas e janelas. Ar. Luz. Vida. Comecei a varrer tudo que encontrava pela frente. Levei as fitas de vídeo para uma confortável saleta no segundo andar, onde já havia uma grande TV e um aparelho de vídeo. Me instalei num modesto quarto, joguei as roupas num armário, desarrumei de propósito a cama para criar um ambiente mais vivo e fui tomar um banho, não no banheiro preto (eu não iria conseguir), mas num que ficava em frente ao meu novo quarto. Havia uma banheira. Deixei meu corpo amolecer. Quase dormi.

— Está na mesa! — gritou Martina batendo na porta.

Por mim, eu ficava uma semana naquela banheira. Vesti uma roupa qualquer e desci, estranhando as luzes todas apagadas e velas acesas espalhadas por todos os cantos. Na sala de jantar, o ânimo estava em alta: mais velas, louça chinesa, talheres de prata e taças de cristal. Balde de gelo com champanhe e uma bandeja de prata com carne e batatas. Fora o caviar.

— Comemorando o quê? — perguntei.

— Ora, comemorando o quê! Comemorando tudo. Tudo — respondeu Martina animadinha.

— À luxúria. Ao prazer — brindou Mário.

Brindei. Não sabia o que estava havendo comigo. Não via graça em nada. Não estava triste, não estava com preguiça, não estava deprimido, não estava nada. Tinha dias em que sentia isso. Era dos piores dias. Preferia estar triste. Brindei. A comida estava idêntica às muitas que já havíamos comido: as firmas de congelados inventavam muitos nomes para os seus pratos, mas o gosto era sempre o mesmo.

— Deixa de ser bobo. Aproveita... — disse Martina.

— Me desculpem — respondi. — Hoje eu estou meio esquisito.

— Ah, vai, esquisito, relaxa... — disse Mário.

Eu ri. Achei engraçado o tom em que ele falou "ah, vai, esquisito".

Comemos, bebemos. Brindamos umas 15 vezes a umas 15 coisas idiotas. Martina se levantou e foi levar o carrinho com a louça suja.

— Ela não está uma gracinha? — Mário me perguntou com um ar meio safado.

— Eu acho ela muito legal — respondi. Tão estranho chamar alguém de "legal". Não quer dizer muito. Legal. Não quer dizer quase nada. Legal. No entanto eu disse "acho ela muito legal". Não era isso que eu achava de Martina. Eu achava mais coisa dela. Mas aquele dia... saco!

Martina deu um grito. Fomos até a cozinha e a vimos horrorizada, olhando para a despensa:

— Isso não estava assim! Tenho certeza!

Estava inteiramente revirada, com sacos rasgados espalhados no chão. Num canto, a pegada de uma grande pata. Jaguatiricas? Não, a pegada era muito grande. Tigre? Imediatamente nos demos conta de que todas as portas e janelas estavam abertas. Mário sugeriu:

— Vou até o carro pegar uma metralhadora. Vocês fiquem quietos e fechem tudo. Tudo.

Martina colou em mim, fazendo tudo o que eu fazia. Tigre?!

— Será que ele ainda está aí? — perguntou apavorada.

Havia uma pegada na escada. Ele havia subido. Eu e Mário subimos, deixando Martina para trás. Da porta do último quarto ouvimos um rugido. O quarto da condessa. Mário engatilhou. Encostados à parede, pisávamos com cuidado, sem respirar, sem falar, sem pensar. Ele rugiu novamente. Sabia que estávamos ali. Não podia ser um animal perigoso, senão já teria nos atacado. Caminhamos atentos até a porta do quarto. Olhamos. Ele estava lá. Um puma. Estava sentado. Nos encarou com os olhos amarelos. Um puma. Ficou imóvel, mais assustado que nós.

— Não atira! — implorei.

Tinha um focinho branco e uma pelagem marrom- -clara. Um puma (ou suçuarana). Era enorme. Não ia nos atacar. Ou ia? Manteve a cabeça abaixada. Rosnou de novo e caminhou lentamente até a janela, bem atento. Subiu no parapeito e, em câmera lenta, saltou para fora. Um puma. Foi embora. Um puma, fugitivo de alguma reserva florestal, passeando pelas ruas de São Paulo, tomando conta da cidade. Interessante combinação.

Ao redor da velha, meia dúzia de gatos dormia sossegadamente enquanto o menorzinho começava a brincar com o cadarço do meu sapato.

Estranhava estar naquela casa. Não devia ter concordado. Não devia ter feito nada. Devia ter ficado no meu "sobradinho escroto" sem me meter. Estranhava tudo: a casa, o casal, a mim mesmo. Eu estava ficando cansado do nada. E o pior é que não tinha o que fazer senão arrumar aquela casa, viver naquela casa. Saco! Queria ser uma merda de um bicho qualquer para não ter de pensar. Um puma... Mário percebeu que eu estava deprimido e ficou o dia inteiro tentando me animar, mostrando a casa, me puxando para cima e para baixo. Eu ia, desinteressado, mas ia, mais pelo esforço que ele fazia do que por vontade própria. Odiava ver alguém tentando animar os outros e não ter resposta.

Ele me levou até um pequeno depósito no fundo do quintal, onde encontramos rolos de arame farpado. Ajudei a desenrolar o arame ao redor do muro e o amarramos na caixa de força: uma improvisada cerca elétrica. A maldita casa estava se transformando num bunker. Imaginei um pobre gato encostando a pata naquela cerca: seria tostado em um segundo. O que um puma fazia em São Paulo?

Mais um jantar de gala, no mesmo estilo do primeiro. Mais animação, mais velas, mais brindes a idiotices. E eu me sentindo mais vazio, mais cansado. Cansado de tudo.

— Ô, Rindu, por que você está com essa cara? Você devia fazer análise... — comentou Martina.

Ela estava de pileque. Não era de beber muito, mas estava de pileque. E quando ela ficava de pileque, ela ficava bem diferente. Mais solta. Num dado momento, depois de comermos, ela foi cambaleando até onde eu estava e se sentou no meu colo. Passou a mão no meu pescoço, provocando arrepios. Lânguida e solta, ela continuou:

— Nós vamos te arrumar uma namorada linda. Você pode escolher a mais bonita da cidade, quem você quiser. Ela vai estar um pouquinho imóvel, mas você dá um jeitinho...

Mário se esborrachou de rir.

— Obrigado, eu não preciso — disse seríssimo, tirando-a do meu colo.

Me levantei, enxuguei a boca com o guardanapo e falei com uma voz grossa:

— Boa-noite.

Devo ter falado tão sério que eles nem comentaram nada. Me virei e subi para o quarto. Eu estava cansado. Cansado de tudo. Queria ser uma porra de um bicho qualquer.

Inverno

O tempo foi passando e tudo que fazíamos era em função da casa. Roubamos de um edifício um portão automático que funcionava por controle remoto. Por toda a parte externa da casa instalamos câmeras de circuito fechado. Conectamos as câmeras em televisores espalhados na cozinha, numa das salas e na saleta de televisão. Segurança. A casa estava parecendo uma embaixada se prevenindo contra ataques terroristas. Trouxemos de uma loja especializada em aparelhos elétricos enormes caixas de som que acoplamos a uma mesa de 16 canais. Uma extravagância. No salão de festas, montamos um telão de vídeo. Outra extravagância. Estávamos hipnotizados pela eletrônica e por tudo que fosse extravagância. Influências da mansão. Influências do tédio.

Com o tempo, alguns cachorros começaram a frequentar as redondezas. Sentiam cheiro de comida. Sentiam carência: o melhor amigo do homem. Latiam, choravam, imploravam. Dormiam encostados no portão. Ficavam o dia inteiro ali carentes e famintos. Eu, assumindo o papel de melhor amigo do cão, resolvi recolhê-los para dentro. Foi uma ótima ideia. Deu mais vida à casa, além de boa proteção; seriam os primeiros a pressentir qualquer perigo.

Coloquei vários colchões na garagem e passei a alimentá-los com ração. Eram uns dez, de todos os tamanhos, a maioria vira-lata. O problema era à noite, quando eles resolviam fazer um concerto em homenagem à lua, ou coisa parecida. Não tinha jeito; não paravam de latir, uivar. Eram cachorros boêmios, muito sentimentais. A solução foi temperar a ração com doses de Novalgina. Melhorou: ficaram mais calminhos. Me lembrei do professor Antenor, um professor da faculdade de biologia que estudava os cães. Era um sujeito aficionado, que passava a maior parte da aula mostrando gravações de uivos de cães. Dizia que eles tinham pesadelos à noite e latiam em estado de alucinação, vendo vultos, fantasmas e outras loucuras. E quando há lua cheia, eles sonham mais por causa da claridade, veem mais vultos.

Martina foi quem mais gostou de eu ter recolhido os cães. Ela estava diferente, mais feliz, mais bonita. Ia quase diariamente à rádio transmitir o seu programa "informativo-musical". Ficava a duas quadras do bunker, distância que ela percorria a pé tranquilamente. Estava mais experiente em mexer com os cartuchos e com o equipamento. Às quatro da tarde, transmitia uma novela radiofônica; ficou uma semana lendo a peça *Romeu e Julieta*.

À noite, nos encontrávamos para jantar os malditos congelados. Sabíamos que, com o tempo, precisariam ser substituídos, já que eram garantidos por apenas seis meses. O maior problema era competir com os gatos por um lugar à mesa. Os cachorros eram proibidos de entrar na casa. Depois, ou víamos um filme, ou representávamos textos teatrais. Éramos péssimos atores, mas nos divertíamos bastante. Porém, às vezes eu me sentia distante. Era natural, afinal, havia algo entre eles que eu não compartilhava.

Minha maior mania era a banheira: passava horas naquela maldita banheira. Martina me ensinou a usar espumas e sais de banho. Eu estava tomando banhos como uma dessas atrizes porra-louca de Hollywood. Um dia eu deixei a porcaria da porta aberta. Foi sem querer. Os dois entraram para comemorar o que pensavam ser o aniversário de Mário. Caíram de roupa na banheira, jogaram espuma um no outro. Eu morri de vergonha do meu corpo nu à mostra. Mário, percebendo, começou a me fazer cócegas. Odiava cócegas, principalmente na frente de uma mulher. Acabamos por comemorar o tal aniversário nos embebe-dando completamente. Ficamos enrolados em um cobertor grande, deitados em frente à lareira. Depois, pintou uma ligeira angústia. Permanecemos um bom tempo sem falar nada, olhando o fogo. Eu já cochilava quando Martina fez um preguiçoso brinde ao homem um ano mais velho. Saúde. Dormimos ali mesmo. Um ano mais velho.

— Sei lá. É preto porque é preto... — respondi à inusitada pergunta.

Martina se levantou, apontou para a janela e disse solenemente:

— Pois a partir desta data, eu determino que o as-falto é vermelho. A cor preta é vermelha. Pelé foi vermelho. A noite é vermelha. E fim de papo!

Fim de papo... Às vezes entrávamos em discussões absolutamente desnecessárias, como transformar redondos em quadrados, leves em pesados, pretos em vermelhos. Mudávamos as coisas sem nos importar se era verdade ou não. No fundo no fundo, podíamos inventar palavras, ou até mudar o significado delas. As palavras não tinham o menor valor. Combinava com a nossa situação.

— Muito bem, sua vontade será feita — disse Má-rio. — O preto será vermelho. Vamos! — me convidou.

Eu fui. Martina, que transbordava alegria, se despediu de nós acenando um lencinho branco.

— Se minhas ordens não forem cumpridas, vocês serão decapitados.

Mário riu e mandou beijinhos com cara de idiota. Eu ri com cara de idiota. Estávamos mesmo ficando loucos. Fomos até a Praça da Sé, no prédio do Corpo de Bombeiros. Enquanto Mário examinava os caminhões, fiquei sondando ao redor, reparando que estava tudo muito sujo. Havia menos pombas e a fonte de água não funcionava mais. Os portões do "templo da paz" continuavam escancarados e também muito sujos.

— Vamos, porra — Mário me puxou pelo braço.

Quando me dei conta, estava ao lado de Mário subindo a avenida Brigadeiro num caminhão de bombeiro. Um carro-tanque, com mangueiras e mangueiras. Pegou numa loja várias latas de tinta vermelha e jogou dentro do tanque.

Passamos o dia inteiro "pintando" o asfalto da avenida Paulista. Íamos e voltávamos ao começo da avenida várias vezes; as mangueiras abertas jorrando tinta vermelha. Criamos a primeira avenida vermelha do mundo. Se eu contasse, ninguém acreditaria.

No princípio, mantínhamos os cães sempre afastados de dentro da casa, deixando as portas fechadas ou expulsando aos berros qualquer intruso. Mas não dava. Alguns ficavam na porta, fazendo cara de coitado, balançando o rabo, o tronco, balançando tudo. Liberamos a casa para eles. Timidamente, foram se acomodando, até o dia em que passamos a disputar as poltronas com os cachorros e gatos.

Um deles tinha uma cara muito engraçada, era todo espichado; um vira-lata marrom, desses com focinho e orelhas pretas. Fui com a cara dele e ele com a minha. Comecei a chamá-lo de Alfredo. Era péssimo para dar nomes a cachorros. Me lembro de ter ficado uma tarde inteira procurando um nome para ele. Mas pintou Alfredo, e assim foi. Um dia ele se aproximou quando eu estava fumando um no terraço; eu ficava muito tempo fumando um naquele terraço. A cada tragada ele arregalava os olhos, levantava as orelhas e acompanhava a dança que a fumaça fazia no ar. Passei a assoprar a fumaça no seu focinho. Ele respirava e levantava a cabeça com interesse. Depois, quando acabamos de "fumar", sentou do meu lado e ficou examinando o mesmo vazio que eu. Seus olhos caíram avermelhados. Era um cão muito simpático. Era um cão junkie.

Ouvi pelo rádio Martina narrar:

"Quem me trouxer um cafezinho, ganha uma música."

Me levantei da cadeira acordando o Alfredo. Apanhei uma garrafa térmica. Ele veio atrás. No portão, pensei em mandá-lo voltar, mas desisti ao ver a sua cara de doidão. Deixei que me acompanhasse. Na avenida vermelha ele corria animado de um lado para o outro, dando trombadas nas minhas pernas, pulando, balançando o rabo...

Subimos juntos o elevador até o estúdio.

— Que festa... — Martina nos recebeu diminuindo o volume do som. — Você e o seu amiguinho acabaram de ganhar uma música... — disse se abaixando para acariciá-lo.

Foi então que, pelo vão de sua camisa, contemplei o que não via há muito tempo: um par de seios. Fiquei nervoso e tenso de um momento para o outro. Um par de seios branquinhos, delicados. Tirei os olhos dali por respeito, mas voltei a olhar por admiração. Lindos... Minha mão começou a suar. Ela falava algumas coisas que eu não entendia. Só queria continuar olhando aquele par de seios. Torci para que aquele momento nunca acabasse. Ela continuava acariciando Alfredo e falando alguma coisa. Minha mão já estava ensopada e tive tonturas. Lindos...

— Ô, Rindu? — disse me puxando o braço. — Você está se sentindo bem? Está pálido.

Pôs a mão na minha testa.

— Você está suando?!

Eu estava ensopado...

— Você deve parar de fumar essas coisas, está ficando muito fraco.

Eu estava mesmo ficando muito fraco. Que seios...

— Que música vocês querem?

Eu respondi qualquer bobagem. Nem sei se era nome de música.

Eu e Alfredo voltamos para casa felizes, com a música e a bela imagem. Era um cão muito simpático e muito malandro. Eram seios lindos...

Eu estava fraco, muito fraco. Ficava tonto à toa. Além do tédio e mais tédio. A sensação de inutilidade me corroía; parecia que eu tinha mofo nas juntas. Me levantava cansado, dormia cansado, me arrastava pela casa cansado. Tudo parecia muito difícil e pesado. Talvez estivesse doente, com câncer; sempre achei que tinha câncer, desde os 5 anos de idade. Deveria fazer algum esporte, se bem que isso nunca foi o meu forte. A cidade vazia e eu ali, fraco. Racionalmente pensava: dá pra viver. Não tinha trabalho, responsabilidades. Tudo era, teoricamente, permitido. E isso era bastante angustiante; saber que tudo era, teoricamente, permitido. Não havia regras me controlando. Não havia nada me controlando. Estava livre, mas não sabia onde procurar a tal liberdade. Era um inútil. À noite, antes de dormir, as preocupações e vazios tomavam forma de dolorosos demônios. Procurando a melhor posição no travesseiro, virava a cabeça de um lado para o outro. Ao tentar refazer o roteiro do dia, apareciam imagens de lugar nenhum, pessoas ocas, vazio. Era como se eu fosse uma ave marinha sobrevoando um deserto, um enorme deserto. Uma ave que precisava de um comprimido para dormir e acordava com um constante formigamento nos olhos. Maldito tédio! Maldito vazio!

Acordei com o corpo todo dolorido. Fizera muito frio durante a madrugada. No espelho, vi que estava muito magro. Parecia um velho. O corpo pendia para a esquerda. Um velho torto. Fiquei aflito ao me ver tão magro, tão torto. Comecei a pular na frente do espelho. Pular, chacoalhar os braços, levantar o tronco. Fiquei tonto. Parei. Um velho torto e tonto. Viver é tão difícil...

O que fazer? Circular pela cidade? Tomar banhos de banheira? Ver filmes no aparelho de vídeo? Mas e depois? Viver... Enfiei uma roupa qualquer. No banheiro quase pisei num gato deitado no tapete. Perguntei para ele:

— O que você vai fazer hoje?

Ouvi Mário ligar o carro. Ele provavelmente iria dar uma volta.

Pensei em correr e ir com ele. Mas as minhas pernas não me obedeceriam. O carro foi se afastando até o barulho sumir. Eu fiquei no mesmo lugar. Minhas pernas não me obedeceram; eu estava com câncer, só podia estar.

Descendo a escada, ouvi uma música vinda do salão de festas. A porta não estava totalmente fechada. Martina fazia ginástica, acompanhando as explicações do telão de vídeo. Era mais dança que ginástica. Um, dois, três, quatro. Ela acompanhava sem me ver. Vestia uma roupa justa, colorida. Pernas, coxas. Um, dois, três, quatro. Seu rosto suava. Seus braços esticavam. Pernas, coxas. Um, dois, três, quatro. Músculos, quadril, mexia tudo, mexia. Deitou. As mãos agarraram o tapete para lhe dar firmeza. As mãos agarravam. Suor. Um, dois, três, quatro. Suas pernas flutuavam. Meu coração começou a bater forte. Alguns raios de sol davam brilho à poeira suspensa. Alguns gatos olhavam para ela admirados. Um, dois, três, quatro. Suor. Cabelo. Ela respirava forte. Forte. Acabou a fita. Ela ficou de bruços, respirando forte, exausta. Alfredo se aproximou de mim. Antes que ele me repreendesse, olhei-o como se dissesse: "Ela está demais...". Ela, forte; eu, câncer. A vida é tão...

Apaguei as luzes da sala de exibição, ouvindo Mário assobiar feito um débil mental. Se engasgava com pipocas. Liguei o projetor que iluminou a tela com um facho de luz. Através de uma pequena janelinha, observei o filme começando. Preferi me manter ao lado do projetor, sem descer até a plateia. Me sentei num banco e revezava os olhos no filme, no projetor, no casal. Às vezes, eles trocavam longos beijos.

Estava assim, meio longe, quando ouvi o grito de Martina. "Desta vez ele foi longe demais...", pensei. Ela deu outro grito e ficou em pé sobre a poltrona. Mário fez o mesmo. Pediram que eu acendesse as luzes. Parei o projetor e acendi. Metendo minha cabeça através da janelinha, reparei o chão do cinema abarrotado de ratos que corriam de um lado para o outro, grunhindo furiosamente. Malditos ratos! Mário passou a atirar com a sua metralhadora; ele nunca largava dela. Pulou de poltrona em poltrona sempre atirando.

— FAÇA ALGUMA COISA, RINDU!

Fazer o quê? Pensei rápido: se descesse, não ajudaria em nada e seria apenas mais um alvo. Mário continuou atirando, mas ao invés de se assustarem, os ratos ficavam mais neuróticos. O caminhão de bombeiros!

Desci por uma escada de emergência e corri feito um louco. Sete quadras até o bunker. O que aqueles ratos faziam ali? Meu corpo não se aguentava. A cabeça doía. A cabeça ia explodir. Maldito câncer! Corria sem sentir as pernas, os braços, o chão. Corria tonto.

Voltei com o caminhão e entrei na galeria do cinema. Acelerei contra a porta de emergência quebrando tudo. Desci correndo, peguei a mangueira, coloquei-a entre as pernas vendo o casal cercado por ratos que cobriam o tapete da plateia. Alguns deles começaram a correr em minha direção. Abri a água vencendo aos poucos a dificuldade em controlar o jato. Tentava acertar os desgraçados bem no focinho. Os desgraçados rolavam pelo chão. Abri mais a mangueira tentando proteger o casal. Criei uma brecha que Mário e Martina aproveitaram, escapulindo.

— Sou ou não sou um herói?! — perguntei orgulhoso assim que saíram.

— Isso não é hora de piadas! São os mesmos que te atacaram no metrô? — Mário perguntou nervoso.

— Sei lá — disse desligando a mangueira.

— Filhos da puta! Vão ver.

Me puxou pelo braço e deu um tiro no tanque do caminhão.

— Não faz isso! — tentei evitar.

Inútil. O caminhão começou a pegar fogo. Recuamos até a calçada. Começou a pegar fogo em tudo. Loucura. Não passou muito tempo e o incêndio aumentou.

Mário e Martina foram embora. Eu não conseguia sair de lá, hipnotizado pela cena da destruição; fogo sem barreiras, um retrato do inferno. O calor chegava a torrar a minha cara. Vez ou outra, mais explosões, janelas pipocando estilhaços de vidro, madeiras estalando com força, como que torturadas pelo fogo. Paredes caindo.

Voltei para casa. De vez em quando, ia até a varanda admirar o clarão. Pegava fogo em tudo. Aquela noite foi a menos escura de todas.

Acordei com Mário me sacudindo. Ainda era noite.

— Acorda. Vamos sair daqui! — disse pegando nos meus ombros.

Sua voz estava assustada. Abri os olhos com dificuldade, tentando vencer os efeitos de dois comprimidos soníferos. Assim que pus o pé no chão, uma explosão enorme fez tremer as paredes. Vesti uma porra qualquer e corri até o jardim, onde os cachorros estavam aterrorizados, latindo sem parar. Mário e Martina estavam esquentando o carro; eu entrei na Veraneio com Alfredo. Abri o portão com o controle remoto e arranquei. Parei na avenida vermelha. Próximo ao edifício em chamas, o chão pegava fogo; labaredas se batiam como serpentes. Peguei a direção oposta; Mário me seguiu. Já longe da avenida, desacelerei, deixando Mário encostar ao meu lado.

— Você podia nos matar! Idiota! — reclamei abrindo a janela.

— E que diferença faz? — perguntou passando por mim.

Que diferença faz?! Essa é boa!

Ficamos quatro dias sem sair do "sobradinho escroto". De lá, víamos os clarões e as explosões.

Cheguei a temer uma reação em cadeia, destroçando tubulações por todas as partes. Mas o incêndio terminou com a forte chuva que caiu no quarto dia.

Depois de um tempo, voltamos para o bunker. Cães e gatos esfomeados foram nos receber. A expressão deles lembrava o clima de horror por que passaram. A casa estava OK. Mas a região do incêndio... Constatamos que da região do incêndio para o lado oposto ao bunker não havia luz. Imaginei que a corrente elétrica seguia a direção oeste, nos deixando na rabeira de um enorme curto. Mário riu.

— Não tem nada a ver uma coisa com a outra...

Ele poderia estar certo. Mas eu sempre tentava dar explicações para tudo. Sempre. Uma mania.

Peguei um revólver e fui sondar de perto o cenário do espetáculo. Levei Alfredo como testemunha. Vários edifícios tinham virado escombros. O asfalto vermelho rachara ao meio. Por um vão dava para observar os vários tubos subterrâneos, destruídos. Tudo cinza, preto ou branco. Entrei na galeria do cinema, me desviando de barras de sustentação caídas; vidros estilhaçados por todos os lados e muita cinza. Tratei de não tocar em nada. O caminhão de bombeiro, que antes era vermelho, ficou manchado por tons escuros e com os pneus totalmente derretidos. O fogo destruíra a cor. O fogo destrói a cor. Vai ver o inferno é um eterno filme em preto e branco. Alfredo farejou algo debaixo de uma marquise caída. Ele latiu e correu se escondendo entre minhas pernas. Um rato grande saiu correndo. Dei um tiro de revólver. A bala o fez girar no chão. O demônio se levantou e, cambaleando, se enfiou num buraco, desaparecendo. Saí de lá segurando firme a arma. Demônio. Como poderia estar vivo? Estava sentindo falta do esgoto, do podre. Desgraçado! Dei um tiro para dentro da galeria sem acertar nada.

* * *

Voltei para o bunker. Subi a escada ouvindo uns gemidos vindos do quarto do casal. A porta estava aberta. Eles, agarrados no cháo. Martina de quatro, com a cabeça encostada num travesseiro. O choque dos corpos produzia um ruído metálico. O murmúrio era ao mesmo tempo lamento e prazer. Estavam seminus. Estavam se amando. Animais...

Martina teve uma ideia.

— Vamos a um restaurante bem fino.

Era uma ideia bem agradável. Tudo que eu estava precisando era ir a um restaurante bem fino. Eu e Mário raspamos a barba, cortamos o cabelo e vestimos casaca sem esquecer a cartola e a bengala. Os lordes da cidade. Ela vestiu um longo de paetês prateado e coloriu seu cabelo de azul. Parecia um pirulito. Dois gentlemen e uma lady extraterrena.

Fomos até o Centro, levando alguns pacotes de camaráo congelado. Edifício Itália, o mais alto da cidade. No topo ficava o restaurante Terraço Itália. Desci do carro correndo e abri a porta da lady, oferecendo gentilmente a mão. Mário saiu sozinho. Deu uma baforada de charuto na minha cara e enfiou uma nota alta no meu bolso. Seguimos as placas que indicavam troca de elevador no trigésimo segundo (de tão alto, tínhamos de pegar dois elevadores).

Entramos no restaurante. O maître endurecido deu boas-vindas e indicou uma mesa nos fundos. Enfiei a nota alta no seu bolso. De lá avistávamos quase toda a cidade. Um lugar muito bonito. (Martina achou tudo muito cafona.) Enquanto eu pegava uma garrafa de vinho branco no congelador, Mário colocou os camarões no micro-ondas. Voltamos à mesa, brindamos e comemos.

— Estou pressentindo que alguma coisa vai acontecer com a gente — disse Martina. — Alguma coisa muito boa.

— Tomara — eu disse.

— Sabe, uma vez...

Pronto. Ela disse "uma vez". Sabia que depois disso vinha mais uma das boas histórias que ela contava. Era uma especialista: representava as outras personagens, usava as mãos para chamar a atenção do espectador, usava o humor na hora certa... Se um dia alguém estivesse com a Martina e ela começasse com um "sabe, uma vez..." iria ver como ela era boa contadora de histórias. Desta vez, não prestei atenção. Fiquei reparando nas suas mãos se mexendo, seus olhos arregalados. Mário rindo, ela séria (um bom contador de histórias nunca pode rir junto com seus espectadores). Martina, quando queria, era a pessoa mais agradável do mundo.

Demorou uma meia hora contando a tal história. Nesse tempo, abri três garrafas de vinho. Ficamos de pileque. Num dado momento, ela se levantou e começou a dançar em volta da mesa. Imitava uma dançarina de cabaré. Sapateou, cantou, abriu os braços e deu um longo agudo que quase quebrou as taças de cristal. Mário foi até o canto e ligou um toca-fitas. Ficou por lá mesmo. Ela me puxou.

— Vamos dançar...

— Ah, vai — reclamei.

— Vamos...

Me abraçou e dançamos. Eu não estava levando a sério. Nem ela. Era uma música italiana, dessas que falam "amore mio..." o tempo todo.

— Ah... eu estou feliz...

— Eu também — eu disse. E estava mesmo. De pileque e feliz.

Nos abraçamos mais forte. Nossos corpos se encontraram. Nossos corpos se encaixaram. Suas mãos seguravam o meu pescoço. Seu rosto descansava no meu ombro. Ela passou a mexer as mãos. Carinhos. Segurei seu cabelo. Carinhos. Nervoso. Olhei com o rabo do olho; Mário estava deitado, com um headphone na cabeça e olhos fechados. Nos agarramos mais forte. Nervoso. Tímido. Comecei a ficar tonto. Câncer. Me afastei um pouco.

— O que foi? — ela perguntou.

— Não sei.

— Você está pálido de novo. O que você tem, Rindu?

— Nada.

— É melhor você se sentar. Eu vou te pegar um copo d'água.

Sentei. Em boa hora, pois estava quase desmaiando. Água. Quando eu morrer do maldito câncer, quero ser cremado. Respirar fundo. Preferia morrer com um tiro que com câncer. Fechar os olhos. Câncer é uma doença muito chata.

Fechei os olhos e me deitei no chão. Só assim melhorei: Nossa, eu estava mal mesmo.

— Nossa, Rindu, você está mal mesmo — ela disse se deitando ao meu lado.

Molhou a mão na água e ficou passando no meu rosto.

— Respira fundo...

Respirei.

— Isso, com calma, relaxa...

Com calma, relaxei.

— Agora fica quietinho...

Fiquei. Ela continuou molhando a mão na água e passando no meu rosto. Ela estava sendo bastante agradável e gentil. Ficou fazendo carinhos em mim. Melhorei mais ainda. Não estava com câncer e devia parar de pensar nisso. Estava cansado e fraco. Só isso. Me levantei. Ela abriu um enorme sorriso.

— Viva!

Viva. Ela entornou mais uma taça me obrigando a abrir a quarta garrafa.

Depois de um tempo, fomos os três até o terraço. Ar fresco. Mário nos puxava, ela à esquerda e eu à direita.

— Não é emocionante? — ela dizia. — Herdamos tudinho...

Era emocionante, mas muito angustiante. Estávamos felizes, carinhosos, gentis, agradáveis. Mas a cidade imensa estava vazia, apodrecendo, se destruindo. Era muito triste estar feliz naquela cidade. Era muito triste.

Fomos embora. Pegamos o primeiro elevador até o trigésimo segundo. Martina falava.

— Estou tontinha...

Ao atravessarmos um longo corredor para trocarmos de elevador, ouvimos passos na escada.

— Pssiu! — Mário ordenou.

Eram passos que pareciam correr. Descia a escada. Subitamente parou.

— O que é isso? — perguntei.

— Nada. Deve ser um canguru — riu Martina. — Que engraçado...

Do hall da escada não víamos os outros andares.

— Vamos embora — disse Mário.

Entramos no segundo elevador desconfiados. Passos? Apertei o térreo e começamos a descer.

— Canguru... — continuava rindo.

De repente, o elevador começou a parar; a campainha tocou do lado de fora. O visor marcava vigésimo nono andar, Mário destravou a metralhadora, se encostando à parede.

— O que é isso? — Martina perguntou.

O elevador parou e abriu a porta. Uma velha estava parada de frente para nós. Martina começou a gritar de pavor. Segurei o pulso dele para ele não atirar. A velha estava vestida com uns trapos sujos e tinha um pano sobre a cabeça que tapava os olhos. Martina se virou, continuando a gritar. A campainha tocou. A velha segurava um pau. A porta foi se fechando sem que a impedíssemos. Pude perceber que ela estava sorrindo. Finalmente a porta se fechou por inteiro e o elevador voltou a descer. Mário me olhou: não era um duro.

Na manhã seguinte, com uma arma, voltei ao Edifício Itália. Desci os cinquenta andares pela escada examinando todos os detalhes: pegadas, cigarros, restos de comida, trapos... Mas não havia nada. A poeira sobre o chão permanecia intacta. Ou aquela velhinha misteriosa flutuava, ou era um fantasma. O que mais me intrigava era por que não havia entrado em contato. Estávamos tão visíveis naquela cidade que até os animais nos descobriam. No entanto, a velha nunca dera sinal de vida. Nem mesmo com os apelos transmitidos por Martina. Será que se assustou com nosso comportamento?

Na avenida Ipiranga, olhei para as inúmeras janelas amontoadas dos edifícios. Onde ela mora? O que ela faz? Sabe dirigir um carro? Circula sempre com aquele pedaço de pau na mão? Fui até a avenida São Luís. Ela deveria saber que eu estava ali. Viu e me ouviu chegar; qualquer ruído parecia um trovão, naquele labirinto de edifícios altos. Será que existem mais sobreviventes que perambulam pela cidade, com paus na mão, sorrindo o tempo todo?

Dois cavalos pastavam na Praça da República. Não se assustaram com a minha presença, mas mantiveram uma distância prudente, de olho em mim. Me sentei num banco sob o sol; na sombra estava muito frio. Suspirei. Parado, sem parecer uma ameaça, ela poderia se interessar em fazer contato. Como conseguiu sobreviver? À minha esquerda, três crianças "dormiam" sobre uma grade do metrô. Pareciam mortas. Mas não. Eram duras, com a tal capa de plástico, que não era de plástico, em volta do corpo.

Permaneci em absoluto silêncio, atento a todos os sons; conseguia até ouvir os cavalos mastigando a grama. De repente, tive a impressão de estar sendo vigiado. Olhei para trás. Não vi ninguém. Examinei à minha volta. Paranoia? A sensação continuou. Me deu arrepios. Me levantei sob o olhar atento dos cavalos. Respirei fundo, erguendo o rosto na direção do sol; um pouquinho de calor. Olhei rapidamente para trás. Nada. Paranoia. Claustrofobia. Saí da praça e voltei a caminhar pelas avenidas. Não havia ninguém. Ninguém.

Na cozinha do bunker, encontrei Mário. Estava de saia. Comecei a rir.

— Foi instituído — ele disse sem graça. — Os homens são mulheres e as mulheres são homens.

Não acreditei. Mais uma ordem. Depois de termos encontrado uma velha sobrevivente, mais uma ordem. Não era à toa que ela não tinha feito contato. Martina apareceu.

— Finalmente você chegou. Vá pegar as suas roupas novas. Estão em cima da sua cama.

Talvez fosse melhor assim. Talvez fosse melhor enlouquecer de vez. Nos alienarmos de tudo. Sermos autossuficientes. Os sobreviventes que se preocupassem em fazer contato. Nós nos bastávamos. Senão, de que adiantaria? Esperar, esperar. Talvez por esta razão eu tenha vestido uma saia xadrez e uma camisa transparente que deixava à mostra um enorme sutiã. Passei a noite vestido de mulher. Foi divertido. Confesso que gostei. Talvez fosse melhor assim, enlouquecermos de vez.

Talvez não. Devia procurar mais. Maldita velha! Caminhava no calçadão da Barão de Itapetininga. Lojas e mais lojas fechadas; o que já foi o melhor comércio da cidade. Procurava vestígios de alguma porta arrombada. Não batia sol e estava muito frio. Quebrei a vitrine de uma doceria, enchi meu bolso de chocolates e voltei a caminhar. Entrei em galerias perdidas em galerias, corredores escuros, ruelas entupidas de lojas. Mendigos "dormindo"; prostitutas caídas? Olhavam com mais cuidado; um deles poderia estar vivo, prestes a me atacar. Maldita paranoia!

Entrei num fliperama. Peguei uma ficha da gaveta e enfiei numa máquina. Puxei o gancho, colocando a bola no jogo. Poderiam entrar em contato. Seríamos todos amigos. Poderíamos conversar sobre o passado, contar piadas, dar festas, bolar novas formas de passar o tempo. Martina contaria grandes histórias. Bem que eles podiam entrar em contato... A bola percorreu o seu caminho, marcou pontos sem que eu fizesse nada. Bateu num dos flipper e rolou para dentro da máquina. Não a salvei.

Voltei a circular pela Praça da República. Desta vez eram três cavalos que pastavam. Pensei em cavalgar num deles. Se havia alguma coisa que eu fazia direito era andar a cavalo; pelo menos isso... Mas não me arrisquei. Sabia andar em pangarés, não em cavalos do Jóquei. Alguns patos boiavam no lago imundo. Como podiam boiar num lago tão imundo? São uns patos idiotas e sujos. Poucas pombas caminhavam no chão à procura de comida. Me lembrei da vez em que levei Cíntia Strasburguer àquela praça. Sentamos num daqueles bancos para namorar. Comprei milho e joguei no chão, esperando que as pombas nos cercassem, como nos filmes românticos. Veneza. Mas assim que a primeira pomba pousou no seu colo, ela deu um grito: "Que nojo!".

Fui novamente para a avenida São Luís e comecei a gritar:

— ALÔ, DONA VELHINHA! ALÔ!

"Dona Velhinha"... Desse jeito ela nunca iria se aproximar.

— ALÔ! SABEMOS QUE A SENHORA ESTÁ AÍ! NÃO PRECISA TER MEDO!

Medo? Ela estava rindo quando nos encontrou! Medo...

Esfriou. Olhei para as janelas. Nada. Decidi ir embora. Saco!

Percebi que tanto Martina como Mário não estavam em casa. Liguei a água da banheira. Quando fui fechar a janela, observei o chafariz do quintal dos fundos ligado. Estranho. Me debrucei na janela e pude ver Mário enfiando a cabeça de Martina debaixo d'água, afogando-a. Louco!! Corri para fora do banheiro até o terraço. Me apoiei no parapeito e vi que estavam pelados. Os dois. Não falei nada. Eles não lutavam, nem brigavam. Ela estava de costas, sorrindo e com falta de ar. Ele a currava por trás, segurando os cabelos dela. Mexia seu corpo com força, com brutalidade. Não os interrompi. Ele enfiava a cabeça de Martina dentro d'água e penetrava com mais força, até ela começar a se debater, tentando subir. Ele finalmente a puxava. Ela suspirava engasgada e ria. Ria histericamente, se curvando para facilitar a penetração. No alto do chafariz, a estátua de um Cupido apontava uma flecha para o céu. Amor. Comecei a ficar enjoado. Me arrastei tonto até o banheiro e vomitei tudo o que podia. Nunca vomitei tanto na minha vida. Maldito câncer. Maldita vida.

Um gato começava a atravessar a rua na minha frente. Um gato qualquer. Não sei por quê, acelerei a Veraneio tentando acertá-lo. Ele correu. Subi na calçada e ele foi obrigado a voar por cima de uma pequena mureta. Foi de raspão. Um dia ainda acerto um.

Não sabia se estava no Brás ou na Mooca. Dirigia sem olhar para as placas de sinalização; há muito não olhava para elas. Além do mais, não fazia a menor diferença estar num ou noutro bairro. Peguei uma avenida de paralelepípedos. Uma longa avenida, que cruzava com armazéns e mais armazéns. Parecia que nunca tinha fim. Pisei fundo, atropelando galhos, valetas, arbustos. Quanto mais acelerava, maior ela ficava. Armazéns, armazéns. Nunca tinha estado lá. Ela nunca acabava; virei uma rua qualquer à direita para sair de lá; já estava me cansando. Mais algumas quadras e fui dar no Museu do Ipiranga. Não sei por que parei o carro e desci. Um enorme museu, um enorme jardim, uma enorme estátua de Dom Pedro; sentados na espada do Imperador, dois urubus tomavam sol. Nosso libertador. Fui caminhando sobre a grama descuidada. Descobri um gambá morto, já em decomposição. Fiquei enjoado de novo. Não aguentava mais os malditos enjoos. Por que é que tinha de aguentar aquilo? Por que é que tinha de aguentar tudo? Subi por uma escada enorme. Observei alguns tamanduás passando. Tamanduás, no Museu do Ipiranga? Essa é boa. Sentei no corrimão da escada e enrolei mais um. No alto da colina, uma fileira de cachorros me olhava com atenção. Tamanduás, gambás estavam tomando a cidade. Jaguatiricas, pumas. Ratos, gatos e cachorros. Urubus, patos, pombas. Fumei.

Imaginei bandos de homens chegando aos poucos, tomando a cidade. Cada bando com seu costume, ocupando seu próprio espaço. Eu, Mário e Martina seríamos o bando dos desocupados, dos barulhentos, habitando a avenida vermelha. A velha e vários velhos seriam conhecidos como a tribo dos anciãos sorridentes, morando no Centro Velho. Haveria a tribo dos homens perdidos, morando em Perdizes. Haveria o bando dos mijões, morando no Bixiga. Os comedores de marimbondo morariam no Morumbi.

A sensação de estar sendo vigiado voltou. Olhei ao redor com atenção. Os urubus já não estavam na espada. Não estavam em lugar nenhum. Nem os cachorros, no alto da colina. Tive um mau pressentimento. Bem ao longe, na extremidade do parque, alguns vultos corriam em minha direção. Me ergui.

Eram três jaguatiricas pintadas. Voltei disparado para o carro. Entrei, fechei os vidros e tranquei a porta. Elas passaram por mim e, mais adiante, a maior delas agarrou um tamanduá pelo pescoço e o arrastou pelo gramado. O bicho só parou de se debater quando ficou com o pescoço estraçalhado. O bando cercou o bicho e arrancou pedaços de carne fresca. Implacáveis. Jaguatiricas implacáveis: olfato, visão. Naquele instante, eu quis ser implacável.

Inventei mais uma teoria para explicar a presença daqueles animais. Escapuliram da Serra do Mar, ou da Mantiqueira, ou de alguma reserva do sul do país. Sem os homens e com uma grande quantidade de animais domésticos, a cidade acabou se transformando num restaurante farto. Um trouxe o outro. Pode ser uma teoria bem idiota, mas faria minha classe de Biologia discutir durante meses.

Dei a partida e saí lentamente. Ratos perseguidos por gatos perseguidos por cachorros perseguidos por jaguatiricas perseguidas por pumas. Viver é perseguir. Rodei ao redor do parque até entrar pelas ruas do bairro. Numa delas, encontrei ossos espalhados e manchas de sangue coagulado sobre o asfalto. Farto restaurante. Andando em marcha lenta, encontrei um caminhão frigorífico com as portas escancaradas, parado ao lado de um armazém de carne. Mais ossos no chão. Manobrei a Veraneio até ficar de frente para o portão do armazém. Acendi o farol. Consegui enxergar várias carcaças de boi penduradas. Só ossos. De repente, vários cachorros saíram lá de dentro se atropelando. Restaurante São Paulo. Engraçado... Comam tudo. Todos.

Acordei no meio da noite ouvindo algumas explosões distantes. Poderiam ser botijões de gás. Fogos de artifícios. Tubulações. Não dava para saber. Mas eram explosões distantes, que duravam alguns minutos e paravam. Cheguei a procurar na manhã seguinte alguma pista ou indício de incêndio. Mas não encontrei nada; aumentava a lista de acontecimentos misteriosos.

Pensava na velha nômade. Mas ela não dava sinal de vida. Nunca poderia saber se as tais explosões tinham alguma coisa a ver com ela. As luzes na maioria dos postes se apagaram. Em alguns bairros, a eletricidade se fora para sempre. Estávamos certos de que o bunker seria atingido pelo blecaute em questão de meses, ou semanas, ou dias.

Foi então que, finalmente, descobri onde Mário passava a maior parte do tempo. Na biblioteca da Politécnica, estudando os detalhes da instalação de geradores elétricos movidos a óleo diesel. Entusiasmado, me mostrou projetos que fizera: moinhos a vento, captadores de energia solar e um biodigestor. Ele até tinha feito uma maquete do bunker e vários desenhos de máquinas. A biblioteca da Poli estava toda revirada, com livros espalhados, garrafas de bebida, uma mesa de sinuca, um colchão, geladeira e fogão. Ele ficava lá todo o tempo. Quem diria. Se eu contasse, ninguém acreditaria.

Martina abandonou as transmissões e inventou outro hobby: a fotografia. Ficava horas instalando potentíssimos spots em torno dos objetos mais estranhos. Fotografava e se trancava no laboratório de revelação montado num dos quartos da mansão. Certo dia ela me "contratou" para servir de modelo. Fiz manha, não queria, sou tímido. Ah, deixa disso, só um pouquinho, vai... Cedi. Afinal, não tinha o que fazer. Ela me obrigou a vestir uma farda de soldado e, com a cara suja de graxa, fazer poses, como se eu estivesse numa trincheira vigiando o inimigo. Dei tudo de mim, experiente que era em assistir a filmes de soldados vigiando o inimigo. Fiz a pose, seríssimo. Ela bateu a foto, deu um sorriso e foi imediatamente revelar. Continuei fazendo pose. O inimigo estava na mira. Fiz cara de soldado atirando no inimigo. O inimigo se escondeu. Rolei pelo chão e fiz cara de soldado preocupado, soldado se levantando decidido, soldado invadindo a casamata. Fui atingido. Fiz cara de soldado sendo covardemente metralhado, soldado desabando no chão, morto. Fiquei bastante tempo deitado no chão, morto. Ela voltou e jogou a foto ampliada do soldado vigiando o inimigo. Deu um sorriso enigmático e disse:

— Você tem o seu charme...

Provavelmente seu outro hobby era me deixar embaraçado: estava ficando especialista. Soldado vigiando o inimigo tem seu charme.

O inverno nos dava dias muito frios. Talvez por isso, eu estava ficando mais em casa. Dos três, eu era o mais inconformado com tudo. Iria tudo voltar ao normal? Uma cidade de presente? Não, obrigado, não precisava... Uma cidade ou um país? O universo de presente? E eu, onde me encaixava? Quem eu era? Sabia que nunca fui o que desejei ser. Sabia que nunca havia feito uma escolha por mim mesmo. Como qualquer pessoa, nunca me senti responsável pelo que eu era. Estranho pensar naquilo tudo; quem eu era? Já me imaginei tendo nascido no Rio de Janeiro. Seria um Rindu completamente diferente. Imaginei um Rindu filho de um industrial. Rindu Strasburguer. A verdade é que eu não sabia qual personagem eu deveria representar; não havia mais nenhuma plateia. Um soldado charmoso. Uma jaguatirica implacável.

Acho que o inverno me fazia pensar nessas coisas idiotas. Acho que se ele durasse mais tempo, eu acabaria me transformando em uma estátua; na estátua de um pensador.

Acordei assustado. Os pesadelos noturnos viraram rotina. Estava sempre acordando, entre três e quatro da manhã, assustado. Dois comprimidos já não estavam bastando. E quando bastavam, me davam pesadelos horríveis. O dilema, quando acordava, era: tomar ou não o terceiro comprimido? Encarei o vidro de sedativos e não tomei.

O coração batia bem forte. Procurei encaixar a cabeça na melhor dobra do travesseiro. De olhos abertos, via as várias formas que sombras e luzes desenhavam na parede. Fantasmas. Não tomei o terceiro. Não consegui dormir novamente.

Saí do quarto e desci pensando em tomar um leite quente. Encontrei Mário, insone, dedilhando no piano.

— É difícil dormir com tanto silêncio — eu disse. Três cachorros, também com insônia, estavam por ali.

Não sei por quê, comecei a falar sem parar, mesmo sabendo que ele quase nunca me ouvia:

— Acho que enlouqueci completamente. Penso em milhões de coisas ao mesmo tempo. Essa porrada de bicho que tem por aí. Essa velha louca que não dá sinal de vida. O puma. Até no maldito câncer.

— Você ainda acha que está com câncer? — ele riu.

— Chego até a me perguntar quem sou eu. Você já viu alguém se perguntar "quem sou eu"? Não, nunca viu. Eu pergunto. Fico o dia todo sem fazer nada me perguntando quem sou eu. Até parei de roer as unhas de tanto que eu fico me perguntando. Que saco! Acho que estou enlouquecendo.

Ele se virou e disse, me encarando:

— Pode ficar tranquilo, você não é o único.

Não sei por quê, ele começou a falar sem parar. Eu sempre o ouvia.

— A gente precisa de algo grande. Uma meta — disse exatamente o que Martina tinha sugerido há tempos. Ele continuou. — A gente se acostumou a viver numa cidade agitada, televisão, rádio, cinemas, eleições, violência urbana, catástrofes. Como é que vive um índio? Um montanhês, como é que vive um montanhês? Ou um camponês, que só precisa de uma terrinha e das próprias mãos para viver? Nós temos de ser iguais a eles!

Iguais a eles. Camponês. Terra, mão. Talvez...

Ele passou a tocar acordes dissonantes. Montanhês? Me sentei numa poltrona estirando as pernas. Como é que eles vivem? Ele parou de tocar, deu um gole numa bebida qualquer, me encarou perguntando:

— O que é que você tem?

Como? Fiquei surpreso. Há muito não ouvia Mário perguntar o que eu tinha. Há muito tempo ele não demonstrava interesse por mim. Fiquei parado, pensando numa resposta consistente. Surpreso, pensando. Por que ele perguntara aquilo, naquele momento? Era uma possibilidade de reaproximação. Mudei a posição na poltrona. Tossi. Ele aguardava ansioso. Olhei para ele. Acho que o próprio Mário se surpreendeu com a pergunta. Por quê? Pensei mais profundamente. Respirei fundo, tossi mais uma vez e respondi:

— Nada.

Ele permaneceu me olhando e, não satisfeito, começou a falar:

— Eu sei o que você tem...

Sabe?

— Está desesperado por não encontrar lógica na vida que estamos vivendo. Você sempre foi assim...

Fui?

— Cético, racional, meticuloso. Pra você, tudo tem de ter uma explicação...

Talvez.

— Esquece. Pensa numa força extraterrena, um raio qualquer...

Já pensei nisso.

— Ou então imagine que foi algum vírus, alguma contaminação...

Também já pensei nisso.

— Ou então, simplesmente morremos. Ah!

— Esquece. Não adianta ficar procurando... tanto faz.

Acendeu um cigarro, deu outros goles na bebida e tocou outro acorde dissonante.

— Já ouviu falar em Medusa? Um mito grego. Transformava as pessoas em pedra. Vivia numa ilha, sozinha. Era linda... — ele disse olhando para o piano.

— Sorria!!!

Virei para trás. Era Martina estourando um flash na nossa cara. Tirara uma fotografia com uma Polaroid. A foto, revelada automaticamente, mostrava Mário sorrindo no canto. Eu, na poltrona, não estava sorrindo. Eu não estava sorrindo.

— Sobre o que vocês estavam falando?

— Ninguém dorme nesta casa?! — apontou para os cachorros insones. Depois, fez o convite: — Vamos ver o sol nascer. Faz tanto tempo que eu não faço isso...

Fomos.

Pico do Jaraguá: um lugar privilegiado para ver o sol nascer. Eu conhecia aquele lugar muito bem. Estacionei a Veraneio no pátio de uma torre de transmissão. Assim que pus o pé para fora, percebi o erro que cometemos: estava gelado; uma fina geada cobria todo o gramado. Mas, pelo jeito, fui o único que se arrependeu.

— Que lindo... — correu Martina apontando o clarão que anunciava a manhã. Temi que um tombo naquele gelo estragasse sua admiração.

Estava lindo mesmo. Olhando toda a faixa do horizonte, dava para perceber o dia empurrando a noite. "O sol não é novo a cada dia, mas novo continuamente."

Estava lindo. Notei que em várias regiões da cidade já não havia luzes acesas. Dane-se!

— Um dia, filho, isso tudo será seu — brincou Mário me abraçando.

— Talvez já seja — respondi.

— Não. Um terço é seu. Daquele pedaço para lá — apontou a parte mais feia.

Me sentei num banco, ao lado de Martina. Ficamos em silêncio. Por respeito, já que assistíamos a uma sinfonia de luzes. Mário desceu por uma trilha. Quando finalmente a bola de fogo apareceu, Martina me olhou emocionada. O sol parecia uma grande atriz entrando no palco, nua. A plateia, hipnotizada, prendeu a respiração. Finalmente de corpo inteiro, enorme e brilhante. Estava lindo. E muito frio. Eu e Martina nos abraçamos, um bem coladinho no outro, e vimos o sol representar.

Mário voltou de uma pedreira ali perto, com um grande saco na mão.

— Dinamite! — nos mostrou.

Bananas de dinamite com pavio.

— Você sabe mexer nisso? — perguntei apreensivo.

— Não. Mas aprendo.

Ofereceu a Martina.

— Faça um pedido. Qualquer um. O que a madame quer explodir? É só acender o pavio e bum. Vamos, escolhe, vai te fazer bem.

Ela relutou no começo. Mas ficou pensando, pensando, até seus olhos adquirirem outro brilho. Abriu um largo sorriso e perguntou maliciosamente:

— Posso destruir o que quiser?

— Claro. É só escolher — Mário respondeu. Ela exagerou. Foi longe demais.

— Quero derrubar a antena da Rede Globo na avenida Paulista.

Era uma antena enorme, instalada no topo de um edifício que ficava a duas quadras do bunker. Me lembrei do dia de sua inauguração e do estardalhaço que a emissora fez para incentivar a população a acreditar que a tal antena seria o novo marco da cidade. Martina não foi incentivada o suficiente.

— Quero aquela antena no chão.

— Pra que derrubar aquilo? — tentei fazê-la mudar de ideia, já que teríamos um trabalhão.

— Ele foi claro — disse apontando para Mário. — Eu poderia escolher o que bem entendesse.

Eu não me conformava.

— Deve ser fácil. É acender o pavio e correr — Mário disse.

Fácil. Nós podíamos explodir nossos corpos, isso sim. Sabendo que Mário iria dizer "que diferença faz", fiquei quieto.

Os refletores que iluminavam a torre estavam acesos. Da avenida, olhando para o alto, quase perdíamos o equilíbrio de tão alta; vinte andares de prédio, duzentos metros de torre, muito alto.

— OK, mãos à obra — me puxou pelo braço.

Pegamos um dos elevadores.

— Não sou nenhum especialista, mas não deve ser difícil.

— E se ela cair em cima da nossa casa? — perguntei.

— Não cai.

Como que um cara que não era especialista podia afirmar tão categoricamente "não cai"?

No hall do vigésimo segundo andar, tivemos de subir três lances de escada para chegarmos ao topo do prédio. Ventava bastante e, de lá, avistávamos quase toda a cidade. Sobre nossas cabeças, a gigantesca torre, apoiada em quatro bases de aço; um emaranhado de barras e parafusos e concreto e... ia ser difícil.

Mário, depois de olhar tudo em volta, concluiu:

— É mais fácil colocarmos toda a carga numa coluna do próprio edifício. A torre se inclina e cai sozinha — explicou usando o braço para descrever o movimento.

Descemos e subimos várias vezes; uma delas para cronometrar o tempo que levávamos de cima até embaixo (42 segundos). Martina nos esperaria com o carro ligado. Assim que saíssemos do elevador, escaparíamos o mais depressa possível. Mário fez testes com o pavio para saber o tempo que demorava para queimar. Eu... rezei.

Ele cercou uma pilastra que dava para a frente do edifício, na avenida Paulista. Colocou uma porrada de bananas e estendeu um longo pavio. Jogamos ainda pólvora em todas as emendas para não haver a possibilidade de o fogo se apagar. Era arriscado: poderíamos ficar presos no elevador, além de não termos a menor noção do efeito da carga. Dane-se!

Tudo pronto.

Eu fiquei segurando a porta do elevador no vigésimo segundo. Mário subiu até o topo. Concentração. Ouvi o apito combinado. Pôs fogo. Em seguida, passos acelerados pela escada. Entrou no elevador como uma bala. Começamos a descer.

— Tudo certo. Está a caminho... — ele disse.

Vigésimo primeiro. Vigésimo. Parecia que descíamos em câmera lenta.

— Vamos logo! — eu dizia impaciente, olhando para o cronômetro.

Tínhamos a impressão de que, de um momento para o outro, poderia haver a explosão. E nada pior no mundo do que a impressão do que de um momento para o outro pode haver uma explosão. De repente, me lembrei da cena do elevador no Edifício Itália.

— Se ela aparecer, eu metralho — Mário respondeu.

Três, dois, um, térreo. Mal a porta se abriu, corremos em direção à Veraneio que estava... desligada!

— O carro morreu... — se desculpou Martina afobada.

— Vamos! — eu disse correndo.

Fomos o mais longe possível, sem olhar para trás, sem respirar, sem pensar. Simplesmente corremos. Olhei para o cronômetro. Sessenta segundos. Quando as pernas já não obedeciam, a uma distância razoável, paramos atrás de uma banca de jornal. Esperamos. Nada. Tentando recuperar o fôlego, Mário disse desapontado:

— O fogo deve ter apagado.

Martina disse mais desapontada:

— Seus incompetentes!

Acabou de dizer, uma enorme explosão fez voar a viga de concreto em pedacinhos. Começaram a chover pedras quebrando tudo à nossa volta. A antena foi se inclinando aos poucos. Uma nuvem de fumaça cobria a base. Se inclinou mais até cair fazendo um grande estrondo. Bateu no edifício do outro lado e ficou apoiada nele, como uma ponte. Eu ri. Não imaginávamos que isso pudesse acontecer. Ela ficou atravessada um tempo, mas, finalmente, rachou ao meio e desabou sobre a avenida, levantando poeira. Até o chão tremeu. Um barulho ensurdecedor ficou ecoando por um tempo. Impressionante.

Demos pulos de alegria, gritos. Beijos, abraços, uma festa. Eu não parava de gritar. Adrenalina. Um orgasmo.

A cidade era nossa. Tudo era nosso. Poderíamos destruir o que quiséssemos. Estava tudo nas nossas mãos. Uma cidade escrava. O poder...

A poeira foi assentando quando, atrás das estruturas destroçadas, percebi um vulto escuro se movendo. Mário e Martina estavam abraçados num longo beijo. O vulto se mexia acelerado de um lado para o outro, por dentro da fumaça. Mesmo estando a uma quadra de distância, pude ver a velha e seu pedaço de pau entrar numa das ruas transversais e sumir. Era o vulto.

Demorou alguns dias a euforia de destruir pontos importantes da cidade. Chegávamos a jogar as bananas de dinamite acesas da janela do carro explodindo estátuas, vitrines, telefones públicos, bancas de jornal, fachadas de prédios. A cada explosão, prazer. Estávamos de fato tomando posse do que nos pertencia, ou do que nos fora presenteado. Ou então estávamos ficando completamente neuróticos; mas isso pouco importava. Tínhamos vontade de ação, barulho, movimento, fumaça, chuvas de pedra, chuvas de vidro, transformar símbolos da civilização em migalhas. Pensei se não tentávamos, inconscientemente, apagar o passado de quase quinhentos anos de São Paulo para viver um presente que fizesse sentido. No fundo, estávamos destroçando a ligação que havia entre a cidade e a humanidade. Estávamos comemorando o possível fim da espécie humana. E isso pouco importava. Um brinde à loucura.

Estava sentado na varanda, olhando para o vazio. Ficava muito tempo naquela varanda olhando para o vazio. Não sei o que havia naquele tal vazio para eu ter perdido tanto tempo olhando para ele. Garanto que gastei a metade da minha vida olhando para um vazio. E garanto que não me preocupava com isso. Acho que não. E, naquela tarde, estava sentado tranquilo na varanda, olhando para o vazio, quando Mário entrou pelo portão automático numa motocicleta. Chegou até perto de mim e começou a andar em círculos, acelerando bem forte.

— Você já andou numa destas? — perguntou gritando.

Nunca havia andado. Nunca tive oportunidade.

— Então monta — ele sugeriu parando na minha frente.

Montei. Ao apoiar os braços no bagageiro, ele reclamou.

— Me abraça, benzinho, senão você cai...

Acabou de falar e arrancou. Para não cair, segurei no seu quadril. Mário pegou a avenida e, para me impressionar, acelerou tudo, passando entre os carros largados, cruzando as transversais e desviando com habilidade dos vários buracos na rua. Minhas pernas começaram a tremer. Vento e barulho. A curva fechada, o asfalto a um palmo do meu joelho. Não me contive: fechei os olhos e apertei forte o seu corpo.

— Assim você não vê nada, benzinho — ele gritou.

Abri os olhos. A única maneira de suportar aquela aflição foi começar a gritar feito uma besta:

— IIIAAAAA!!! BABABABABA!!! IIIAAAAA!!!

Descemos toda a avenida Rebouças. Só parei de berrar quando chegamos à Cidade Universitária. Ele desacelerou e quis saber minhas impressões. Sei lá o que respondi. Só que era gostoso gritar. Ele finalmente parou e sugeriu:

— Quer aprender?

Não queria, sei lá, tenho medo. Ah, vai, deixa de ser bobo, você aprende rapidinho, é superfácil. Está bem, mas olha lá... Mário me entregou o comando. Cinco marchas. Acelerador, embreagem, breque. Trabalho dos pés conjugado com o das mãos. Meio complicado esse papo de conjugado. Engatei a primeira e soltei a embreagem. A moto deu um pulo e morreu. Repeti o gesto umas dez vezes. Não consegui. Desisti.

— É fácil, olha só.

Ele pegou, ligou, engatou e soltou a embreagem.

— Tem que acelerar junto.

Andou.

Sentei no banco, engatei, soltei a embreagem e acelerei junto. Ela deu um pulo e morreu. Desisti. Não nasci Marlon Brando.

Para disfarçar, ele disse que era a moto que estava desregulada e que até mesmo ele estava tendo dificuldades. Quando queria, Mário era bastante elegante. Olhando a universidade ao redor, ele comentou:

— Pena não ter trazido dinamite. Adoraria explodir a porra do arquivo que tem as minhas notas.

Perguntei elegantemente:

— São tão ruins assim?

— Quer ir ver?

Fomos à Politécnica. Rebeldes, entramos de moto e tudo nos corredores da escola. Devia ter arrumado um casaco de couro e um canivete para dar mais autenticidade. Encolhi a cabeça, comecei a mascar a língua e a andar com as mãos no bolso chutando tudo o que via pela frente. Rebelde sem causa. Esfreguei o cabelo para trás e em hipótese nenhuma falava sem antes dar uma cuspida no chão. Mário não entendeu nada. Ele era o motoqueiro e eu o jovem transviado, invadindo a escola para "riscar com canivetes palavrões por toda parte". Logo eu que fui tão babaca na escola...

Quebrei uma porta com um pontapé!

— Yeah!

Era a seção dos alunos. Num dos arquivos, ele encontrou sua pasta.

— Olha aqui, tá vendo? — perguntou.

— Yeah!

— Olha as notas. Desgraçados!

— Yeah!

— Esse filho da puta já estava me reprovando por falta — disse apontando para uma observação escrita a tinta.

— Fuck him!

Tirou uma caixa de fósforos do bolso. Eu o afastei.

— Deixa comigo, man.

Risquei o fósforo e, desajustado, pus fogo no papel.

— Yeah!

Coloquei a folha sobre o arquivo. Em pouco tempo, estava pegando fogo em tudo.

Cuspi no chão, coloquei as mãos no bolso, encolhi a cabeça e saí chutando umas 15 latas de lixo. Rebelde sem causa. No entanto, voltei para casa sentado na garupa da moto, de olhos fechados, agarrado no corpo do Mário, pois morria de medo. Rebelde sem causa e sem coragem. Rebelde babaca. Isso me lembrou um verão.

Não sei de onde nossos pais tiraram a ideia. Foi há muito tempo, quando eu e Mário tínhamos uns 14 anos. Eles nos inscreveram num acampamento de verão, Belo Recanto, junto com centenas de outros adolescentes. Algo que estava mais para treinamento militar que para acampamento. Nos apresentamos num colégio da zona sul de São Paulo, onde havia uma dezena de ônibus enfileirados e muitas mãezinhas aos prantos, preocupadas com seus filhinhos desprotegidos. Um padre se encarregou de dar as boas-vindas, assegurando aos pais o tradicional tratamento dispensado no acampamento, a importância da saúde física e mental para as crianças e que em um mês voltariam felizes e coradas. Umas freirinhas balançaram a cabeça concordando com tudo o que ele dizia. A confusão era tamanha que algumas crianças embarcaram num ônibus circular da cidade. Foram resgatadas algumas horas depois. As freirinhas, sorridentes, trocavam gentilezas com as mães, com as crianças e até com as malas. Palavras de conforto eram o que mais ouvíamos; o que já me deixava desconfiado.

Finalmente, depois de muitos desmaios e choradeiras de crianças e mães, eu e Mário fomos empurrados para dentro de um ônibus. Destino: Seminário São Francisco, em Bauru, interior do estado. Já na estrada, o instrutor responsável pelo ônibus substituiu as canções religiosas por piadas sujas, dando goles em uma garrafinha de uísque. Cinquenta quilômetros depois, dormiu. A maioria já se conhecia dos outros verões. Estrelinhas penduradas na lapela eram o sinal da assiduidade: os que tinham uma estrelinha já tinham ido uma vez; os que tinham duas, tinham ido duas vezes, assim por diante. O garoto mais enfezadinho tinha cinco estrelinhas. Imaginei o tédio que deveria ter sido passar cinco verões no mesmo lugar. Ao observar nossas lapelas vazias, ele perguntou com um filete de baba escorrendo:

— Vocês são veados?

— Somos — respondeu Mário.

— Engraçadinho... Vocês vão ver nos trotes — disse com um riso entre sádico e histérico.

A viagem prosseguiu num clima de camaradagem e cristianismo: veteranos esmurrando calouros, casacos dos mais fracos atirados pela janela, isqueiros queimando o cabelo de quem dormia, guerra de cuspe e outras trocas de gentilezas como "Vocês estão fodidos, ah, ah, ah...". Na primeira poltrona, alheio a tudo, o instrutor roncava com uma cara satisfeita.

O seminário era afastado da cidade. Uma enorme fazenda; campos de futebol, piscinas, quadras, estábulo para cavalos, um jardim supercuidado e um pomar. Lembrava mais um complexo hoteleiro que uma escola de formação religiosa. Era um prédio enorme, com grandes portas, grandes janelas, grandes corredores, grandes escadas, grandes banheiros, grandes dormitórios, grandes anfiteatros, grandes salões de jogos... Ah, a igreja era pequena, escondida no alto de uma colina.

Um padre nos levou para o dormitório masculino. Um dormitório comprido, com camas em fileira e pequenos armários individuais. Era um dos dormitórios dos seminaristas que, em férias, "gentilmente" nos emprestavam. Dormi na cama de um tal José Benemérito da Cruz (com esse nome, só poderia ter sido seminarista). À noite, um padre mais velho nos deu as últimas instruções. Foram divididas as várias equipes que disputariam uma espécie de gincana. Durante o dia, tarefas como lavar o corredor, cortar a grama, limpar o refeitório, varrer os quartos, pintar a igreja e lavar e passar a roupa. Na última semana, futebol, corrida, natação etc. A equipe que somasse o maior número de pontos ganharia prêmios. A noite era livre; às dez, todos na cama. Olhei para Mário. Que verão... Sem dúvida estávamos lá para fazer uma reforma completa no seminário. Passei a entender o filete de baba do garoto cinco estrelas.

Na primeira manhã, um cartaz afixado na porta do quarto indicava a tarefa da minha equipe: lavar as escadas. Passei toda a maldita manhã com outros dez garotos idiotas lavando as escadas do prédio, seguindo as instruções do chefe da equipe que, por não ter ganhado nada no ano anterior, gritava como um obstinado, molhando com escarro tudo o que limpávamos. Era um seis estrelas que parecia um sargento de tropa. À tarde, ficamos correndo feito uns idiotas, "treinando" para a última semana. Três horas dando voltas num campo de futebol. E se alguém parasse, o seis estrelas gritava até voltar a correr. Que verão... À noite, o tal trote. Fomos obrigados a desfilar de cuecas no cemitério que ficava atrás da pequena igreja. Depois disso, os simpáticos veteranos trancaram todas as portas do seminário.

— "... calouro dorme no relento, veterano faz festa aqui dentro..." — cantavam.

Eu, Mário e uma dúzia de babacas dormimos de cueca, no estábulo dos cavalos. Foi assim o primeiro dia do "tratamento dispensado"; e lembrar do padre falando que íamos voltar felizes e corados...

Os dias foram passando e continuávamos a ouvir gritos do seis estrelas. Porém, durante a noite, eu e Mário escapulíamos do dormitório para percorrer os vários corredores escuros do seminário. Entrávamos em salas misteriosas, com o peso da religião cravado nas paredes. Às vezes, nos perdíamos nos labirintos de portas e corredores. Visitávamos catacumbas, tumbas, sarcófagos... Meu maior desejo era encontrar aparelhos de tortura medievais, mas não encontramos. O aspecto geral era de sofrimento, penitência, dor. Pouca luz, poucos móveis e muitos cantos.

Num deles, encontramos escondida uma pilha de revistas pornográficas. Passamos a escrever legendas nas fotos: "Ai, Jesus, não faça isso comigo", "Mas que orgasmo divino...", "Deixe eu ver o tamanho de sua fé". Era a nossa vingança contra os padres militaristas do maldito seminário.

O sucesso ou fracasso da nossa equipe já não importava mais. Realizávamos as tarefas displicentemente, sem nos deixarmos levar pelos berros e cuspidas do líder. Numa noite de recreação, reunidos em um salão de jogos, os veteranos montaram a tabela do campeonato de sinuca paralelo à competição oficial. A dinheiro. Inscrevi Mário conhecendo seus excelentes dotes de jogador. Eles riram de mim e só aceitaram Mário depois que paguei o dobro da taxa. O campeonato era do tipo eliminatório: quem perdesse, caía fora.

Mário estraçalhou o primeiro adversário. Fácil. Passamos a ganhar respeito. Esnobou o segundo com estilo: pedia silêncio à plateia, passava giz no taco com carinho, dava tacadas com poses cinematográficas. Era fera. Ganhou a segunda. Fácil. Na terceira partida, só deu tacadas com efeito. Ganhou, o que lhe assegurou lugar nas semifinais. Nessa noite, dormimos sem provocações.

No dia seguinte, seu moral estava alto. Foi cumprimentado por muitos calouros. Algumas meninas jogaram charme e sorriso em cima dele. Virou o ídolo dos fracos. Vários tapinhas nas costas e uma frase cheia de revolta: "Mostra pra eles!". No almoço, o adversário seguinte sentou na nossa mesa e, depois de contar a história da vida dele, fez uma oferta para que Mário desistisse. Grana. Suborno.

— Por favor, não atrapalhe a minha concentração. Fale com o meu agente — esnobou Mário me apresentando a ele.

Ouvi a proposta, fiz um pouco de charme e declarei, com a mão no seu ombro:

— Jogo é jogo.

À noite, entramos no salão como reis. O coitado do adversário corrupto estava desesperado. Muitos calouros saudaram a entrada de Mário com aplausos e hurras. Lembro que ele vestia uma camiseta grande, dessas que vão até o joelho. Na cabeça, um boné, presente de algum admirador. Escolheu seu taco com cuidado, examinando a envergadura da madeira. Quando o jogo começou, eu me sentei num canto afastado para admirá-lo de longe. Sentia uma coisa estranha vendo Mário jogar: observava as suas expressões, as suas poses, não as tacadas, bolas, caçapas. Era como se tudo em volta fosse preto e ele branco. Era como se não houvesse nenhum barulho, somente o de sua respiração. Olhava para ele feliz. Olhava para ele aflito. Nervoso. Meu coração batia forte. Ele brilhava, branco, único. Uma coisa muito estranha. Vez ou outra ele me encarava e sorria. Cada vez que ele me encarava e sorria eu ficava mais aflito, mais nervoso, mais feliz. Sua camiseta grande, seus gestos, seu sorriso. Eu era o presenteado. Era para mim que ele jogava. Era para mim que ele representava, sorria. Parecia que o tempo fora congelado. Tudo tinha durado um século.

Finalmente aplausos. Fim do jogo. Ele me abraçou e disse rindo:

— Ganhamos! Ganhamos! Estamos na final!

Ele falou no plural. Nós. Um abraço mais forte.

Era a primeira vez que um calouro chegava à final. Ele acabava de entrar para a história de Belo Recanto; o defensor dos fracos e dos oprimidos. Foi uma festa. Um seis estrelas ganhou a outra semifinal. Seria o adversário. Nos encontramos no corredor. Estava cercado por assessores fortinhos e bonitões, desses que parecem pertencer ao time de futebol de uma universidade americana. Ele encostou seu braço bronzeado no peito de Mário e ameaçou:

— Se você ganhar eu te quebro!

Os olhos de Mário ferveram. Eu me assustei.

Cheguei a sugerir que desistisse, perdesse, ou inventasse que tinha distendido o pulso, ou contraído uma doença contagiosa, ou qualquer merda. Não deu. Havia razões de sobra para ganhar daquele seis estrelas bonitão.

A noite da final despertou tanto interesse que tiveram de fechar as portas do salão, pois não cabia mais ninguém. Um espertinho vendia lugares da janela para os que não conseguiam entrar. Um garoto tirava fotos de tudo, registrando a histórica partida. Nervosismo e tensão. As pressões eram imensas; veteranos atrapalhavam a movimentação de Mário e ostentavam seus poderosos bíceps bronzeados. A peleja foi tumultuada, com várias interrupções. Mário estava sério. Seríssimo. Nada de poses, nada de bolas de efeito.

O fraco venceu. Festa dos calouros. Frustração dos bíceps. Como um bom desportista, Mário disse que tinha sido sorte, lembrando as qualidades do adversário. Mas nem todos eram bons desportistas. A promessa foi cumprida. Mário foi encurralado no banheiro e espancado. Outros filhos da puta me seguraram na cama diante de impassíveis instrutores e chefes de equipe. Ouvia os gritos de dor de Mário, enquanto os animais quase me sufocavam apertando o travesseiro contra a minha cara. Covardes. Filhos da puta. Animais. Dez horas. Eles se deitaram. A luz apagou. Mário entrou no quarto, foi para a sua cama mancando e se deitou em silêncio. Dei um tempo e engatinhei até perto dele.

— Você está bem?

Ele tossiu, respirou fundo e disse com uma voz arranhada:

— Somos os campeões. Eles são péssimos perdedores.

Acho que foi a noite em que mais chorei na minha vida. Acho que foi.

No último dia, entregaram os prêmios às melhores equipes. A azul ganhou. Não era a nossa. Realizaram uma grande festa de despedida, precedida por uma missa. Amém. Alheios a tudo, eu e Mário permanecemos num canto, numa escada vazia. Ele estava um pouco machucado. Passamos horas juntos, abraçados. Me lembro pouco da conversa. Lembro seus olhos, os hematomas, o abraço, seus pequenos gestos, suas expressões leves. Continuava a me sentir feliz, aflito, nervoso e muito estranho. Eu estava lá, sozinho com ele. Mas tinha medo de aquele momento acabar. Tinha medo de ele sumir, morrer. Tinha medo de tudo, apesar de estar ali, sozinho com ele. Queria que aquele abraço durasse a vida toda. Queria que ele grudasse em mim. De seus olhos, luz. Falava calmamente de angústias. Às vezes ironizava; até riu da surra que levou. Até riu. Depois, ficamos muito tempo em silêncio. Ele, calmo, feliz. Eu, aflito, feliz, nervoso, com medo, medo de tudo, medo de perdê-lo. No final, antes de irmos para o quarto, ele me deu um beijo.

Primavera

— Vossa Excelência deseja mais alguma coisa? — perguntei fantasiado de garçom.

— Não. Pode se retirar — respondeu o conde. Saí do plano me colocando atrás da câmera.

— As coisas estão se complicando. Napoleão acaba de invadir a Basileia.

Não sei por que ele tinha metido Napoleão na história. Mário sempre inventava algumas coisas de improviso. O conde continuou:

— Ele está matando todos os aristocratas do Vale do Reno.

— Oh, meu amor! — disse a condessa. — Não se preocupe que sempre estarei ao seu lado.

— Não é com você que me preocupo. É com o meu castelo.

Que conde egocêntrico... Entrei novamente no palco, correndo assustado.

— EXCELÊNCIA! O exército francês acaba de atravessar o portão da cidade!!!

— GUARDAS!!!

— Estão todos em batalha defendendo vosso condado.

— Traga as minhas armas!

— Oh, meu amor! — lamentou a condessa.

— Não tema — disse o conde —, com Smith não há problema.

Essa não! Interrompi a gravação.

— O que é isso, Mário? Com Smith não há problema??? Isso é *Perdidos no espaço*! Nós estamos dois séculos antes!

— Eu sou o diretor! — ele me repreendeu. — Além do mais, o que você entende de cinema?

— Vídeo — corrigiu Martina. — Não é cinema. É vídeo.

— Tanto faz... Fui escolhido o diretor. Portanto, me deixem trabalhar — falou como se fosse um gênio italiano.

Voltou para a frente da câmera com a sua roupa de conde e nos fez repetir toda a cena. Claro, voltando a incluir "... com Smith não há problema".

Em seguida, levamos a câmera para o hall da mansão. Entrei vestido de Napoleão e espada na mão. Martina era quem gravava.

— Saia da minha casa, seu bastardo! — me ordenou o conde.

— Você sabe com quem está falando? — perguntei com um ligeiro sotaque francês.

— És o fanático que quer dominar o mundo! — respondeu desembainhando a espada. — Defenderei meu pequeno condado até a morte, seu tirano!

— Vive la France! — gritei.

— Hains Stain! — ele devolveu.

— Soufflé, abat-jour, Louvre, De Gaulle.

— Volkswagen, Telefunken, Heil Hitler!

Ataquei erguendo minha espada contra a dele. Sons metálicos. Caretas enquadradas. Martina, com a câmera na mão, entrou no meio da luta, para gravar com mais realismo.

Corta!

Mário colocou um saco plástico com ketchup debaixo da camisa. Coloquei a minha espada bem no coração do conde. Martina se posicionou.

Ação!

— Vive la France! — espetei o seu peito, borrando a capa com uma mancha vermelha. Martina deu um close. Era a glória. Mais uma vitória de Napoleão.

Pausa para o café.

Discutimos a cena seguinte por quase uma hora.

O diretor estava histérico. A atriz, ansiosa. O galã, eu, impassível. Tiramos a velhinha da sua cama à la Luís XV (ou XIV, XIII...) já que optamos por uma estética realista. Espanamos a fina camada de poeira de cima da cama. Os gatos estranharam, mas não reagiram. Continuaram parados ao redor da cama; até produzia um efeito bonito na História Napoleônica. Eu, Napoleão, entraria no quarto da condessa e, com a espada ainda manchada do "sangue" de seu marido, a sequestraria. Uma história nem um pouco original, nem artística, nem profunda, nem nada. Mário, na câmera, deu as ordens.

Ação!

A condessa gritou por socorro. Eu lhe dei um bofetão.

Corta!

— Bate de verdade! — disse Mário exaltado.

— Eu não vou dar um tapa — retruquei.

— Dá! Por que não? Dá!

Ação!

A condessa gritou por socorro. Dei outro bofetão.

Ela caiu na cama, chorando. Fiquei arrependido; pensei que tivesse machucado. Mas ela perguntou:

— Meu marido? O que você fez com meu marido?

— Foi assassinado pela França Livre — respondi.

— Não! Não! Não!

— Sim! Sim! Sim!

— Seu bruto, assassino! Arruinou a minha vida!

— Sua vida tem pouca importância para a França. Corta!

— Boa — disse Mário. — Nem precisa repetir. Saiu magnífico. Agora a cena do estupro. Beija ela! — ele me ordenou.

Estupro? Isso não tinha. Ah, não iria discutir com o diretor. Mudou o lugar da câmera.

Ação!

— Sua vida tem pouca importância para a França — disse, beijando-a em seguida.

— Não! — ela relutou.

— Mais realismo! — interrompeu Mário, aproximando a câmera do nosso rosto.

— Não! Não... — a condessa foi afrouxando até me beijar de verdade.

— Mais realismo! — repetiu o diretor sem que eu soubesse se devolvia ou não o beijo na mesma intensidade. A boca de Martina, digo, condessa, grudava na minha... Nossas línguas se tocaram; tudo fica diferente quando as línguas se tocam.

— Isso. Beija mais forte, mais forte. Isso. Vai deitando em cima dela agora... — dizia mais calmo o diretor.

Meio sem jeito, fomos aos poucos nos deitando, com os lábios ainda grudados. Ela abriu bem a perna encaixando seu corpo no meu. Nossos ventres, nossos corpos...

— Isso, está ótimo... vai mais... — pedia o diretor.

A mão da Martina, digo condessa, entrou por dentro da minha roupa. Segurou minha pele. Apertou meu corpo contra o dela. Puxou. Nossas línguas se encostavam. Ventre. Corpos. Ela gemia; estava representando ou não? Nos abraçamos mais forte. Sua respiração era forte. Minha respiração era forte. Grudados. Havia esquecido Napoleão. Eu estava excitado, tenso, teso. Não era mais Napoleão que estava ali. Nossos olhos se encontraram. Era Martina.

— Arranca o vestido dela! Arranca... — disse o diretor apoiando a câmera numa cadeira.

Calma. Passei a desabotoar a fileira de botões, me erguendo um pouco para ter mais espaço. Minha mão tremia. Minha mão suava. Vídeo. Corpos. Ela fechou os olhos por um momento. Ela continuava a me segurar, a me apertar.

— Arranca! — pediu o diretor.

Rasguei. Seus seios para fora. Ela esticou as costas, se posicionando melhor.

— Beija eles — ordenou o diretor.

Por instantes, parei com aquilo. Já não era um vídeo. De tanto que eu tremia, não conseguia me mover. Martina segurou a minha cabeça e me puxou até seu peito. Meu rosto encostou na sua pele. Meus lábios... Beijei. Ela suspirou, segurando meus cabelos com força. Lambi. Ela apertou a minha cabeça. Estava sorrindo, ela estava sorrindo.

— O que é isso? — me levantei saindo da cama.

Minhas pernas tremiam. O que era aquilo? Fiquei de pé, atônito.

— Ah, vai, está ótimo... — Mário respondeu.

Está ótimo, como está ótimo? Não consegui falar nada; tenso, sem fôlego. Martina se levantou da cama e ficou na minha frente. Seus seios ainda estavam pra fora.

Ela sorriu, segurou minhas mãos e me levou de volta para a cama. Mário também sorria. O que estava acontecendo? Ela me deitou primeiro e sentou em cima de mim, com as pernas abertas. Rasgou a sua roupa e aproximou sua boca até me beijar. Senti quando abaixou meu zíper, puxou minha calça. Rolamos. Voltei a ficar por cima. O que eu estava fazendo?? Ela levantou o vestido, deixando à mostra as pernas longas, pernas brancas, pele, pelos, púbis. Eu a beijei. Grudou as suas pernas nas minhas costas. Pernas abertas, púbis, quente, meu Deus... Me puxou facilitando a penetração. Carne aberta. Carne quente. Gemia a cada impulso do meu corpo, respirando descontrolada, lábios descontrolados, corpos descontrolados. Eu suava, suava, descontrolado. Olhei para o lado e vi a câmera de Mário largada em cima da cadeira, sem a presença do diretor.

Estava com fome. Desde o dia anterior não comia nada. Enrolei mais um e fumei; esquecer a fome, esquecer tudo. O chão estava encharcado. Tudo estava encharcado. A porra da fonte tinha transbordado. O andar térreo, suas lojinhas, a recepção, tudo uma grande poça. Lodo nas paredes. Estava úmido. O hotel mais luxuoso da cidade, talvez do país, com o andar térreo encharcado, imundo. Que tal?

Estava a uma quadra do bunker. Na rua de trás. Será que sentiram a minha falta? Não tinha dormido no maldito bunker. De propósito. Foi a única maneira que encontrei para acabar com o clima. Nossos corpos descontrolados. Não estava entendendo nada. Fui usado pelo casal? Perversão do Mário? Tesão? Era confuso pensar naquilo. A paranoia de ter sido usado pelo casal era mais forte. Eles haviam combinado? Inventaram a farsa de gravar um vídeo? Ela gostou? O que Mário estava pensando? Traído por seu melhor amigo. Mas ele incentivava! Não estava entendendo nada. Ela sorriu. Ele sorriu. Ela gemeu. Me puxou. Me sugou. Ela gozou. Tesão. Traição.

Me estirei na maldita poltrona, tragando, olhando para o nada. Úmido. Seios brancos, arrepiados, vivos. Sua barriga se contorcendo, suas costas esticando, pernas brancas. Gotas de suor. Arrepios. Ela gostou? Me lembrei da vez em que disse que eu era atraente. Me lembrei da vez em que disse que eu tinha um certo charme. Por que fizeram aquilo comigo? No meu braço, a marca de um arranhão. Me arrepiei quando lembrei do púbis, do quente. Mistério. Delírio. Martina era uma menina, uma mulher forte. Menina e mulher. Dupla personalidade. "Você não a conhece direito", Mário me disse uma vez. Eu não a conhecia direito. Por vezes, quieta, fechada. Por vezes, sensual, agitada. Contava histórias como ninguém. Dançava como ninguém. Já a vi falando sozinha. Me lembrei das vezes em que ela tinha uma espécie de calafrio. Calafrios, como se um demônio passasse por ela. Demônio. Sua barriga se contorcendo embaixo do meu corpo. Suas costas esticando. Os seios, em câmera lenta, arrepiados, vivos, saltando para fora.

Ela gostou?

Ela gozou.

Me levantei molhando os pés na maldita poça e fui pegar uma cerveja; eu odiava cerveja. Não tinha muita experiência para dizer se ela gostou ou não. Nem para saber se foi rápido ou não. Claro que não houve clima para trocarmos mais carinhos, carícias, caprichos. Será que tive ejaculação precoce? Dura trinta segundos? Dura mais? Quanto dura? Se eu tive, eles deviam estar rindo de mim. "Coitado do Rindu, ele trepa tão mal." Merda! Devia ter recusado. Devia ter saído de cima dela, ter recusado. Mas foi bom.

Bebi a porra da cerveja. Por que bebi aquela porra daquela cerveja? Merda! Me deitei num sofá, um sofá úmido. Tudo estava úmido. Não volto para casa. Vou dormir aqui; três dias, um mês. Vou morar aqui. Vou morrer nessa porra desse hotel! Nunca mais volto. Que se arrependam do que fizeram! Que parem de rir de mim! Me lembrei dela sorrindo.

A porra do bar também estava encharcado. Um casal "tomava" algo. Duros. O sujeito tinha uns 60 anos. Era careca. Estava com a mão presa na perna de uma garota loira, exageradamente pintada. Uma puta de luxo. Provavelmente ele era um executivo. Veio a negócios para a capital. Durante o dia, se reuniu com outros executivos para discutir contratos e cláusulas. À noite se reuniu com a garota de aluguel que não necessitava de contratos e cláusulas. Rasguei a frente do vestido da loira. Dois seios pontudos. Horríveis. Sem vida. Peitos de plástico. Tive um mal-estar. Malditos peitos!

Entrei por uma porta para sondar o lugar. Cozinha com panelas gigantes. Lavanderia. Num armário, encontrei as chaves dos quartos; chaves das arrumadeiras. Não sei por quê, peguei as chaves dos últimos andares. Bisbilhotar a vida, a intimidade dos hóspedes. Hóspedes duros. Subi por um dos elevadores panorâmicos. Dava para ver o grande vão central do hotel. Tinha mais cara de supermercado que de hotel. Fui até o último andar. Não era mais um hotel. Era um museu de cera. "Estátuas" de executivos, garotas de aluguel, turistas... Um cara com os olhos grudados num aparelho de TV e com uma expressão aterrorizada; devia estar "assistindo" à *Sessão macabra*. Outro "tomando banho" num chuveiro sem água, encostado à parede, com um sabão derretido na mão. Noutro quarto, um sujeito "dormindo". Noutro, um casal "dormindo". Vazio. Vazio. Vários quartos vazios. Um casal "trepava". Mário fingira do começo ao fim. Ele não podia ter me traído. Onde estava o nosso pacto? Não me abandones...

No andar inferior, ao abrir a porta de um quarto, encontrei uma menina de uns 18 anos. Estava na frente de um espelho, provavelmente se "examinando" antes de sair. Vestia uma minissaia branca e uma leve blusa presa apenas por um botão nas costas; uma blusa rosa, bem solta. Stella Dias, seu nome. Provavelmente a chamavam de Stellinha. Na mesa, uma carta que escrevera num papel com o timbre do hotel.

"Pai, estou bem. A excursão está confirmada. Amanhã. O avião decola para Paris às 20 horas. Hoje eu vou sair com o meu primo para conhecer São Paulo, se é que dá para conhecer em um dia. Estou supernervosa mas tudo bem. Paris deve ser um sonho. Assim que chegar te mando um postal. Eu nem acredito... Beijinhos.
P.S. Li no jornal que teve uma enchente aí em Piracicaba. Espero que esteja tudo bem."

Coitada, não conheceu Paris.

Seus olhos estavam fixos no espelho. Estou bonita? Será que está caindo bem? Rosa com branco? Não é muito ousado sair de minissaia? Estava bonitinha. Eu não sabia dizer se estava caindo bem. Rosa com branco, inocência. Minissaia, sensualidade. Sensual e inocente. Stellinha. Havia um vão que deixava as suas costas livres. Um pelinho loiro sobre a pele bronzeada. Nas pernas, um pelo loiro bem fininho, bem lisinho. Era tudo lisinho. Toquei nela.

Delicada. Abracei Stellinha por trás, passando meu braço por sua barriga. Nos vi refletidos no espelho. Subi a mão lentamente explorando. Seios. Eu os toquei. Continuei vendo nossa imagem no espelho. Beijei seu pescoço. Liso. Meus dedos tocavam as curvas do seu peito. Delicada. Me excitei e forcei meu corpo contra o dela. Ela não moveu um músculo sequer. Minha cara, no espelho, a cara de um louco. Parei. O que estou fazendo? Recoloquei a blusa no lugar e ajeitei seu cabelo. Desculpa. Me sentei num sofá, angustiado. Fiquei com raiva de ter feito aquilo para uma menina com carinha tão doce. Inocência. Como pude ser tão imbecil?! Desculpa. Permaneci um bom tempo sentado no sofá, olhando para a ninfa endurecida. Não havia nada para fazer, nada para pensar, relógio sem ponteiros. Uma fotografia, uma pintura. Relógio sem ponteiros. Eu estava muito deprimido. Muito.

Acordei ainda sentado no sofá. O pescoço estava completamente dolorido. Pela janela, percebi que era cedo; a neblina cobria toda a cidade. Meu corpo estava fraco. Minha cabeça, pesada. Aos 4 anos de idade, quando comecei a desconfiar de que tinha câncer, não me sentia tão fraco. O câncer deve ter evoluído muito depois dos 20. Me levantei e me deu uma tremenda tontura; fiquei um tempo parado. Há muito não comia nada e, pior, não estava com a menor fome. Tropecei na cama batendo com o tornozelo na beirada. Doeu. Doeu muito. Olá, Stellinha, dormiu bem? Ela não respondeu. Abri o refrigerador e tomei um guaraná. Você deve estar cansada de ficar tanto tempo em pé, de frente para o espelho. Abri um saquinho de amêndoas e lambi todo o sal grudado no envelope.

Coloquei o ouvido no seu peito. O coração não batia. Não respirava. Nada. Me lavei no banheiro, voltei, abri o armário encontrando uma grande mala de viagem. Roupas, livros e um diário todo caprichado, com vários decalques, bilhetes, papéis grudados; um típico diário. Me deitei na cama com as costas apoiadas na parede e pernas esticadas e passei a folheá-lo. Uma letrinha redonda, simples. Parei numa página onde havia uma caixa de fósforos grudada. "Motel Paradise".

> "... foi superexcitante. Ele estava tão romântico que até pediu champanhe depois da transa. Sempre quis um homem assim: carinhoso e sensível. Pena que tivemos que fazer às escondidas. Tudo que fazemos é às escondidas. Claro. Primos não podem transar. Nossa família nunca entenderia. Mas é tão delicioso e secreto..."

Primos? Repreendi Stellinha com um olhar severo. Transou com o primo... Continuei lendo e percebi que a sua inocência era aparente. Se confessava atraída por Ernandes, namorado de Jurema, sua melhor amiga. Em duas páginas ela fora para a cama com ele, com o namorado da melhor amiga. Quatro páginas adiante, Jurema descobriu tudo e rompeu a amizade e o namoro. Ernandes ficou perdidamente apaixonado, e Stellinha, com um tremendo bode do ex-namorado da ex-melhor amiga. "Acho que a única coisa excitante que havia era o fato de eu estar transando secretamente com o namorado da Jurema. Quando ela descobriu, eu perdi o tesão. Acho que sou louca." Stella reclamou que seus amigos passaram a evitá-la. Ficou quase um mês sem escrever até aparecer um tal de Valentino.

Mais confusões. Foi ao mesmo motel com o tal Valentino, durante o carnaval (havia confetes colados no diário). Estava escrito: "Ah, se a Jurema descobre..." Quem será o tal Valentino? Em duas páginas veio a resposta: pai de Jurema. Stella??? Com essa carinha???

> "... acho que estou completamente louca. Não sei por que fiz isso. Vingança? Talvez porque ele fosse realmente atraente. Meu Deus, onde fui parar. Estou me sentindo a mais puta de todas. Puta arrombada! Piranha!"

Papai Stella deu uma viagem à filhinha que se encontrava muito deprimida, reclamando da vida em Piracicaba. Numa foto extraída de um jornal local, coluna social, o papai Stella e Valentino estavam abraçados, num baile de carnaval. Uma flecha e um comentário da proprietária do diário: "Foi a noite que dormimos juntos.".
Vi na foto que o tal Valentino não era nem um pouco atraente.

Imaginei Stella escrever:

> "... enquanto eu fingia estar dura, o rapaz entrou no meu quarto do hotel e ficou me olhando com uma cara de idiota. Não fiz nada, curiosa em saber até onde ele ia. Num dado momento, ele me abraçou. Quase reagi. Que nojo. Ficou passando a sua mão porca no meu peito. Depois, ficou olhando no espelho sua cara de tarado. Que nojo. Este eu não tive dúvidas: não era atraente."

Imaginei Martina escrever no seu diário:

> "... Rindu se deitou sobre mim como havíamos combinado e ficou como um idiota tentando me penetrar.
> Ficou ridículo com aquela cara de tesão. Coitado, não encostava numa mulher há tempos. Não senti nem cosquinha, já que ele tinha pinto pequeno e ejaculação precoce..."

Me olhei no espelho. Eu estava horrível. Despenteado, com uma barba malfeita, pálido, olheiras enormes. Branco, branco. Eu estava horrível.

Num dos quartos dei de cara com uma orgia. Três mulheres e dois caras, nus, numa triangulação complicada; demorei para entender de quem era uma perna esticada. Fantasiei a ideia de transportar a cama com eles até uma praça qualquer. Uma placa falaria do criativo monumento. Uma pomba pousaria numa das cinco bundas. Um solitário pipoqueiro venderia num canto.

Outro quarto. Um saxofonista solitário, sentado de frente para a janela, "tocava" para uma plateia de edifícios, janelas e ruas... Triste plateia. No quarto ao lado, três sujeitos cercavam uma mesa de vidro. No centro, três carreiras de cocaína. Deviam pertencer a alguma banda de rock, pois havia instrumentos por todos os lados. No outro quarto, o astro da banda, cujo nome não lembrava. Era familiar, pois a sua cara aparecia na capa de uma revista que já li. Olhava para o nada, com a pose de um gênio. Não sei por quê, peguei uma pequena tesoura e cortei seu cabelo. Ficou engraçado.

Corri para o quarto de Stellinha e enfiei em sua mão um chumaço do cabelo do... sei lá o nome dele.

— Garanto que é o seu ídolo.

Me deitei em sua cama com intimidade. Me sentia bem ali. Conhecia alguns segredos da ninfa. Poderia conversar com ela em detalhes. Você podia ter problemas se engravidasse do seu primo. Existem casos em que nascem bebês anormais. Mas poderia ser pior: você poderia engravidar do pai da Jurema! Já pensou que escândalo? Seu primo deve estar chegando. Já já o interfone toca. Ele vai subir? Seria uma tentação, não? Colocaria o Do not disturb na porta e só sairia para embarcar no avião; Paris. Seria excitante, não é? Daria umas quatro páginas no diário.

Ajudei o seu Otávio a se cobrir. Devia estar sentindo frio. Era um sujeito estranho; em sua bagagem, só havia roupas íntimas de mulher.

Um empresário japonês ouvia atento um método de língua portuguesa.

B e A igual a BA. BALA.

B e E igual a BE. BELO.

B e I igual a BI. BICO.

B e O igual a BO. BOLA.

B e U igual a BU.

Parecia angustiado entre o BO e o BU. Para ele deveria ser o mesmo som. Mas tinha de se esforçar; era imprescindível para o contato com o povo deste país. Recomeçar tudo de novo, até encontrar a diferença. BO. BU. BO. BU.

Uma senhora de idade usava o telefone. Provavelmente chamava a recepção. Ela fedia demais. Talvez reclamasse com o gerente do próprio cheiro. Estava apodrecendo por dentro. Um hotel cinco estrelas a ajudaria a solucionar o problema. Uma amiga havia indicado. O melhor hotel da cidade. Ela fedia por dentro, eles tinham de resolver. Por favor, seu gerente, faça alguma coisa.

Um homem de negócios fazia cálculos sobre um jornal que indicava os índices econômicos do mês. Parecia apreensivo. Os índices eram alarmantes e a vida dele dependia daqueles números, míseros números, dígitos da sua razão. Como pode? Teria calculado errado? Não. Os índices eram aqueles, e ele entrara pelo cano. Míseros números.

Um carregador olhava para uma donzela solitária na porta do quarto. O que ela está fazendo neste hotel?, ele pensou. Por que ele me olha desse jeito?, ela pensou. Será que está sozinha?, ele pensou. Quanto será que dou de gorjeta?, ela pensou. É muito gostosa, posso... ele pensou. É um hotel caro, tenho de dar uma boa gorjeta, ela pensou. Por que ela está me olhando desse jeito?, ele pensou. Afinal, quanto eu te dou?, ela pensou.

Estava há uma porrada de tempo naquele hotel. Cenas íntimas de um cotidiano cinco estrelas.

— Stella, vou descer para arrumar comida. Você está com fome?

Ela nunca respondia.

Entrei no elevador e apertei o térreo. Alguém precisa varrer esse tapete; muita poeira. Desci e, ao sair do elevador, enfiei meu pé na poça. Merda! Sempre esqueço dessa poça. Fui até a cozinha. Peguei no freezer uma caixa de hambúrgueres. Só estava comendo hambúrgueres; com o tempo, me acostumei a só comer hambúrgueres. Abri o armário. Não havia frigideiras limpas. Eu devia começar a me preocupar em lavar algumas panelas. Elas estavam se acumulando na pia, sujas. Atrás de mim, algumas panelas caíram no chão, fazendo o maior estardalhaço. Saco! Que bagunça! Ouvi um ronco forte. Me virei e dei de cara com o puma, a poucos metros de mim. Voltou a rosnar forte. Não demonstrar medo, pensei rápido. Não sair correndo. Calma. Esperar. Ele se manteve parado na minha frente. Seus olhos, fixos nos meus. O que ele quer? O que vai fazer? Sorri para ele. Meu coração começou a bater forte. Tive receio de que ele ouvisse; não podia saber que eu estava aterrorizado. Pus a mão no peito, mas continuou a bater forte. Dei um passo para trás. Ele levantou as orelhas. Dei outro passo. Ele levantou a cabeça. Fui empurrando com as costas a porta da cozinha. Correr, pensei. Ele deu um passo e levantou a cabeça. Contei, um, dois, três e saí correndo para o elevador. Ele veio atrás. Entrei e apertei desesperado o botão do último andar. Percebi pela janela panorâmica que ele subia pela escada, me seguindo. Ah, essa é boa. Como é que pode? Assim que o elevador chegou ao último andar, apertei o botão do térreo. Voltei a descer sem saber onde é que ele estava. O que eu faço? Me tranco num quarto. Mas e se ele ficar no hotel? Não saio nunca mais do quarto? Abriu a porta e a única palavra que veio à minha cabeça foi: corra! Corri para fora do hotel. Era dia. Minhas pernas estavam fracas. Tinha de conseguir. Tropeçava em pequenos arbustos, pulava os buracos da rua, corria. Olhei para trás. Ele me seguia. Estou fodido! Entrei na rua Pamplona e avistei o muro do bunker. Apalpei meu bolso procurando o controle remoto sem encontrar! Merda! Falta de ar. Corre! Passei a gritar:

— ABRAM A PORTA!!!

Perdia velocidade. Perdia forças. Ao chegar ao portão, tentei forçá-lo. Em vão. Apertei a campainha insistentemente, acenando para a câmera de circuito fechado.

— ABRAM, PELO AMOR DE DEUS!!!

O animal parou de correr e se aproximou, calmamente, com os olhos atentos aos meus movimentos. A poucos metros de mim ele parou. Nem parecia cansado. Ficou parado sem esboçar qualquer reação. Ele não ia me atacar. Não ia.

— Rindu? É você? — ouvi pelo interfone.

Claro, seu estúpido!

— Por onde você andou? — perguntou.

— Abra logo.

Ouvi o portão destravar. Foi abrindo devagar. Ele não ia me atacar. Entrei calmamente caminhando de costas. Parei e vi a porta se fechar. Ele me olhava com a cabeça erguida. Sorri. Por que não me atacou?

Me sentei no primeiro sofá que encontrei. Exausto. Esperei o ritmo cardíaco voltar ao normal. Ele não me atacou. Ri de nervoso, de felicidade. Ri, quase sem ar, tossindo em seguida. Reparei que no canto da sala havia um trem elétrico montado. Os trilhos passavam por entre almofadas, poltronas. Ri novamente. Mário entrou e se aproximou.

— Que saudade... — ele disse. Cheirava a bebida. Não me levantei. Não o cumprimentei. Ri. Ele ficou na minha frente, com um sorriso estranho. Parecia deprimido. Martina fez uma rápida aparição, disse um oi seco e sumiu em seguida.

— Do que você está rindo? — ele perguntou.

Não respondi. Não pensava em nada. Apenas ria.

— Ela está assim por minha causa — ele comentou enrolando a língua. Bêbado.

Não me importei. Mas fiquei aflito percebendo que os problemas eram os mesmos. Nada mudou. Por dias no hotel eu esquecera. Quase me levantei e voltei para lá.

— Rindu... Rindu... — ele repetia o meu nome entre emocionado e deprimido. — Gostou? — perguntou apontando para o emaranhado de trilhos, vagões, casinhas de papel, luzinhas, fios.

Acenei com a cabeça qualquer coisa. Mário me apontou os detalhes das instalações, sentou no chão feito uma criança e apertou um botão, colocando o trenzinho em movimento.

— Legal, não é? — perguntou com os olhos caídos.

Fiquei observando seu sorriso para a maquininha. Por que ele sorria para aquele brinquedo idiota? Me levantei e caminhei até a janela. Olhei ao redor da sala. Os mesmos móveis, os mesmos quadros. Encostei a janela e perguntei para Mário:

— O que aconteceu naquele dia?

— Que dia? — continuava a acompanhar o vaivém do trenzinho.

Observei uma estrutura metálica instalada no jardim. Parecia um catavento. As hélices estavam abandonadas na grama. Não estava terminado.

— Você está construindo isso? — apontei para fora.

— É.

— É um catavento, não é?

— É.

— E você vai terminar de construir?

Ele procurou com as mãos a garrafa ao seu lado. Deu três goles e repetiu meu nome, rindo, desta vez com um olhar muito triste. Me sentei na sua frente e pedi atenção, colocando a mão no seu rosto.

— O que aconteceu naquele dia entre mim e Martina?

— Não aconteceu nada — ele respondeu me olhando.

— Mas por que ela fez aquilo?

— Por que você fez aquilo? — me devolveu a pergunta.

— Mas você ficou incentivando a gente!

— E você não gostou?

Fiquei sem resposta.

— Vocês tinham combinado? — perguntei.

Ele não respondeu, rindo meio débil.

— O que é que você tem? — perguntei.

Ele fez uma expressão apática. Apalpou a garrafa com a mão e deu outro gole, deixando escapar um pouco pelo canto da boca.

À noite, pouca coisa mudou. Mal nos falamos; cada um preparou seu próprio prato e jantou num canto. Só vi Martina passando no corredor, com a cara fechada. Evitou contato, se isolando no estúdio de fotografia e no seu quarto. Acontecera algo entre eles, uma desavença qualquer. Já deitado, antes de dormir, escutei uma discussão calorosa. Não entendia o que diziam, apenas ouvia os gritos. Até que pararam de gritar para trocarem socos e pontapés. Um vidro se quebrou, um móvel caiu, um corpo foi ao chão. Uma porta bateu. Alguém saindo. Em seguida, soluços. Um choro doído, engasgado, um choro de mulher. Senti saudades da ninfa silenciosa. Stellinha. Ao longe, uivos de cachorros avisavam que a noite ia ser barulhenta. O puma poderia estar por perto. Por que não me atacou? Olhei para o vidro de comprimidos ao lado da cama e ri. Boa-noite.

Não estava fazendo muito frio. O jardim tinha se transformado num imenso matagal, mas ainda dava para encontrar algumas flores. Primavera. A cachorrada me cercou querendo brincadeira.

— SAI!

Quanto mais gritava, mais eles pulavam. Tudo bem, eu estava de bom humor. Subi num pequeno trator estacionado no fundo da garagem e, depois de várias tentativas, ele acabou funcionando. Era um cortador de grama bem simples.

Passei umas duas horas, debaixo de um sol forte, arrumando o tal jardim. O cheiro bom de grama cortada se espalhou por todos os lados. Terminei e desliguei o trator. Vi Martina encostada na porta do terraço do segundo andar. Estava de robe, despenteada, como quem acabara de acordar. Olhei para ela. Se virou e entrou. O que ela estava pensando? Em mim? No meu corpo? Ou será que ela nem se lembrava?

Voltei para o serviço. Peguei uma luva e uma tesoura e arrumei os canteiros. Para finalizar, usei uma mangueira para regar tudo. Aproveitei e molhei os cachorros; só para irritá-los. Com o rabo do olho percebi Martina na janela da sala olhando para mim. Ficou uns cinco minutos, sem sair do lugar. Desliguei a mangueira e entrei na casa. Que coisa...

* * *

Mário chegou, bateu a porta e passou por mim sem me cumprimentar. Subiu a escada, rápido. Mais gritos. Silêncio. Instantes depois, ele desceu e saiu novamente, batendo a porta. Ele sempre conseguia agitar um dia inteiro em apenas alguns segundos.

Voltei para o hotel. Fiquei lá, olhando para a fachada, as janelas dos vários quartos, a recepção encharcada, o elevador panorâmico. Depois de um tempo, voltei para o bunker. Não fui ver Stellinha. Não fui ver ninguém. Simplesmente fiquei um bom tempo olhando para a fachada do hotel e voltei para o bunker.

Às vezes eu acordava de ótimo humor. Saí do quarto já cantando. Arrumei a casa, dei banho nos cachorros mais fedorentos, varri as salas, lavei a louça acumulada, organizei os mantimentos, troquei lâmpadas queimadas, joguei fora o lixo e até troquei os botijões de gás. Saí para arrumar mais bebidas e comida.

À noite preparei um sofisticado jantar e decorei a mesa com velas e flores. Enfeitei toda a sala com bexigas de borracha e vesti uma roupa limpa. Bati na porta da Martina e a convidei para o jantar. Fiz tudo com a maior naturalidade. Alguns minutos depois ela desceu. Estava com os olhos inchados de tanto chorar e uma expressão caída. Olhou um pouco surpresa para a arrumação, mas não comentou nada. Apenas sentou e se serviu.

— Ele não está em casa? — perguntei tranquilo.

Ela me olhou e respondeu desanimada:

— Não.

Pausa. Depois, ela reclamou triste:

— Ele me bateu.

Desviou o olhar um pouco tensa e voltou a comer.

— Esse vinho é uma delícia, quer um pouco? — ofereci sem nunca ter bebido o tal vinho antes.

Ela estendeu a taça. Servi. Pausa.

— Você está bem? — ela perguntou.

Nossos olhos se cruzaram. Vi sua boca e quase pude sentir ela me beijar. Abaixei a cabeça, me censurando. Ouvimos Mário chegar e estacionar a moto. Ela ficou mais tensa. Ele entrou, fechando a porta com violência. Martina deu um pequeno tranco, se assustando.

— Ah, comemorando... — ele disse assim que nos viu.

— Não estamos comemorando nada — respondi.

Ele se serviu de vinho sem ser convidado, deixando cair um pouco sobre a mesa.

— Ela já te contou? — perguntou.

Olhei para a Martina, que estava com a cabeça baixa.

— É uma piada — ele comentou tomando uns goles da bebida.

— Não tenho certeza ainda — ela disse sem nos olhar.

— Você me sacaneou!

— É a melhor coisa que você tem pra dizer? — ela perguntou.

— Você queria que eu te trouxesse flores? — ele disse.

Pegou o maço de flores que eu havia arranjado no vaso e jogou nela.

— Toma! Um presente!

Os olhos dela se embaçaram.

Ele riu.

— Esta babaca está grávida!

Fiquei perplexo. Olhei para Martina.

— Por quê? — foi a melhor coisa que encontrei para dizer.

— Por quê?! Pra encher o meu saco! — Mário disse com muita raiva.

— Mas nós tínhamos combinado — comentei.

— Não tínhamos combinado nada — ela disse me olhando.

Mário bebeu todo o copo e disse para Martina:

— Não vou ficar cuidando de mulher grávida nem de bebê chorão. Como se já não bastassem todos os problemas...

— Me deixem em paz — ela começou a chorar. — Eu não preciso de vocês, eu não preciso de ninguém.

Atirou o guardanapo sobre a mesa e se levantou derrubando a cadeira. Saiu, seguida por Mário.

— Vai se trancar mais uma vez. Terá de vomitar sozinha, ficar enjoada sozinha, parir sozinha. Você estragou tudo!

— Estraguei o quê?! Estraguei essa vida de merda?! — ela gritou do alto da escada.

Bateu a porta e se trancou.

Mário voltou resmungando.

— Estragou tudo. É uma irresponsável. Como é que pode, ficar grávida nessa situação?

Sentou e se serviu mais uma vez de vinho.

— Merda! — deu um soco na mesa. — Eu vou embora. Vou deixar essa mulher aí, apodrecendo.

Fiquei perplexo.

Mais uma noite em que os cachorros latiram em coro. Lua cheia. Pensei em colocar arsênico na ração deles. Saco! Fiquei deitado, procurando a melhor posição. De olhos abertos, via os vários desenhos que a luz azulada fixou na parede. Um deles tinha o formato de um puma. Um puma sentado, com um longo rabo. Ouvi uma porta se abrir. Passos no corredor. A descarga da privada puxada. Tosses, um gemido e, em seguida, vômito. Engasgo, outro gemido, outro vômito. Ouvi a respiração difícil. Me levantei e fui até o banheiro. Martina estava sentada no chão, apoiada na borda da privada, com os braços caídos, com a cabeça caída. Acendi a luz.

— Você está bem?

Olhou para mim, apertando os olhos, por causa da luz. Estava pálida.

— Quer que eu te faça um chá? Qualquer coisa?

Fez um "não" com a cabeça e voltou a vomitar.

Parou e me encarou como quem pede socorro. Me sentei do seu lado, umedeci uma pequena toalha e limpei a sua testa e a sua boca. Estava suada. Eu a abracei. Ela apoiou a cabeça no meu ombro e ficou em silêncio, respirando com dificuldade. Fiquei fazendo carinho na sua cabeça. Alcancei um copo, enchi de água e dei para ela tomar. Suas mãos tremiam, estava gelada. Notei que estava magra, com as costelas salientes.

— Respira fundo.

Ela obedeceu. Ficamos um tempo naquela posição. Eu fazendo carinho, e ela respirando fundo. Parecia cansada, muito cansada.

— Está melhor?

Fez que sim com a cabeça.

— Não quer mesmo que eu te prepare um chá?

Fez um "não" com a cabeça.

Tentou se levantar. Não se aguentou de pé. Se apoiou na pia para não cair. Tentou de novo sem conseguir. Fomos até seu quarto. Ela no meu colo, leve, muito leve. Eu a deitei na cama e estiquei as suas pernas. Arrumei sua roupa e a cobri com um cobertor. Pegou na minha mão e me encarou agradecida. Fiquei triste. Permaneci sentado ao seu lado por uma meia hora, olhando seu rosto frágil, pálido. Fechava os olhos, mas depois abria e me olhava triste. Virou para o lado e fechou os olhos de vez. Fingia que dormia. Dei mais um tempo, até que me levantei delicadamente e saí. Fechei a porta sem fazer barulho.

Uma fileira de ratos atravessava a rua na nossa frente.

— Desgraçados!

Mário acelerou e passou por cima deles. Senti seus ossos se quebrarem sob os pneus.

— Estão por toda parte... — ele reclamou.

Olhei para trás e vi o rastro vermelho dos pneus. Sangue.

Atravessamos a ponte sobre o rio Tietê e, pela contramão, fomos até o Campo de Marte (será que esperavam

que pousassem discos voadores naquele campo de aviação?!).
Entramos no maior dos hangares e fomos a pé até o pátio.
Os aviões estavam estacionados, presos por cabos de aço.

— Nunca andei de avião — eu disse.

Ele riu e depois falou:

— Nem eu.

Subiu na asa de um monomotor e tentou abrir a porta.

— Não deve ser difícil. Talvez seja como guiar um carro.

Forçando sem conseguir abrir, ele reclamou:

— O mais difícil é entrar nele.

Desistiu. Desceu da asa, limpou as mãos e lembrou:

— Mesmo que soubesse pilotar, seria superarriscado. Estes aviões estão há muito tempo parados.

Foi até a frente de um deles e, fazendo muita força, abriu o capô.

— Se falhar, não tem acostamento. Cai. Você se arriscaria? — perguntou tentando espanar a nuvem de poeira que cobria o motor. Estava completamente enferrujado. Não. Não me arriscaria.

Caminhamos por entre outros aviões e helicópteros. Alguns tinham os pneus murchos. Outros, arbustos presos nas asas. Deteriorados, abandonados.

Fomos até um pequeno galpão. Escola de Pilotagem. Entramos numa sala repleta de mapas, livros, cadeiras e mesas. No quadro-negro, estava escrito a giz: "Comandante Cruz é veado!" Havia na estante várias apostilas do curso de pilotagem. Ventos. Meteorologia. Legislação. Astronomia. Pouso e Decolagem. Aerodinâmica. Havia uma porrada de apostilas. Mário pegou um pequeno livro, folheou e me mostrou, com um sorriso estranho na cara. *Noções de paraquedismo.*

* * *

Foi uma irresponsabilidade completa. Talvez por isso, uma emoção insuperável. O manual era bem claro: "Os paraquedas devem ser revisados a cada três meses...". No entanto... Loucos. O marco da Serra do Mar indicava 786 metros de altitude. Um penhasco sem árvores. Fizemos um teste atirando um boneco improvisado. Apesar de voar sem controle, ele aterrissou suavemente. Soprava um vento fraco na direção da baixada santista. Poucas nuvens e alguns pássaros plainando; sinal de bolhas de ar quente. Era o dia ideal. Perfeito.

Saltei poucos segundos depois de Mário. O velame inflou rapidamente, me deixando mais seguro. Abaixo, Mário também flutuava normalmente. Passei a sentir arrepios de êxtase. A floresta sob os meus pés e o oceano no horizonte. O céu por toda parte. Adrenalina. Não demorou muito e já comecei a berrar.

— IIIAAAAA! IIIAAAAA!

Uma súbita corrente me empurrou para cima, aumentando a distância entre mim e o penhasco.

— IIIAAAAA!

Consegui manipular o arnês de lona com mais intimidade. Fantástico, eu estava me guiando para a direita, para a esquerda, para cima, para baixo. Observei toda a imensidão da baixada, que cabia nos meus braços. Descia para conquistá-la.

— IIIAAAAA!

Estiquei a mão e, como se alcançasse o céu, arranhei as nuvens. O mundo é tão admirável... Tinha a nítida sensação de que tudo me pertencia. Voando no vazio.

— IIIAAAAA!

Eu era um ponto de poeira solto no vento. Um mísero ponto pronto para dominar tudo; o mundo. Um mísero ponto; e cabia tudo nos meus braços. Era o meu lugar, entre o Céu e a Terra. Lá sim, era o meu lugar, voando entre vazios.

— IIIAAAAA!

Havia uma porta na garagem do *bunker* que há muito me intrigava: estava trancada. Um dia eu peguei um machado e a arrombei. Era um compartimento pequeno, cheio de baratas e pó. Havia um motor atrelado a um tanque de óleo diesel, chaves, essas coisas. Estava coberto por uma lona e por teias de aranha. Chamei Mário para ver o que era aquilo.

— É um gerador, não é? — perguntei.

Ele olhou com desprezo, mais preocupado em esmagar uma barata com o pé.

— E daí? — perguntou.

— Como e daí? Um gerador. Você não precisa mais montar um. É só limpar e ficarmos livres do blecaute.

Ele ainda estava mais interessado na maldita barata.

— Como é que se liga isso? — perguntei.

— Sei lá!

Seus olhos procuravam outras baratas. Tentou acertar uma, no canto da parede, com o bico do sapato. Em vão. Ela escapuliu por detrás de uma tábua.

— O que há com você? Claro que você sabe como funciona isso! Ficou uma porrada de tempo enfurnado naquela biblioteca. Até começou a construir um catavento. Qual é o problema?

— Problema? Não tem problema nenhum.

Pausa. Ficamos nos olhando. Ele disse:

— Acho que não me interesso mais por essa casa. Aliás, acho que não me interesso mais por nada.

Fiquei surpreso.

— Estou cheio daqui. Cheio de esperar, de matar o tempo, cheio dessa cidade. Não tem mais o que vasculhar. Não tem nada para procurar. E agora, para piorar, esta menina esperando uma criança. É loucura. O que vai ser de nós? Vamos envelhecer nesta casa? Eu não quero envelhecer. E eu estou envelhecendo. Eu estou ficando louco. Esse troço vai acabar conosco. Essa puta rotina!

Chutou uma barata. Dessa vez acertou em cheio.

— A gente ficou esperando por uma expedição. Passou um jato e nada. Ficamos procurando sobreviventes. Encontramos aquela velha e mais nada. Será que não vamos aprender a lição? A gente nunca aprende a lição! Esta porra de cidade está abandonada e não há o que fazer. Podemos ficar saltando de paraquedas todos os dias, mas vamos nos encher. Aí se inventa outra coisa até a gente se encher. Porra, até quando?

Procurou outra barata.

— Vamos dar o fora! — ele sugeriu.

Parou bem na minha frente, colocou o dedo sobre a mesa empoeirada e começou a desenhar o que parecia ser o mapa da América.

— Você não tem curiosidade de saber o que está acontecendo na Amazônia? Será que os índios viraram estátuas?

Continuou a desenhar:

— E o Peru? México? Nova York?

Fez uma linha na direção do velho continente.

— E a Europa?

Fez outra linha.

— África?

Continuei ouvindo em silêncio.

— Temos milhares de carros. Em todos os países. Estradas à vontade. Combustível à vontade. Nova York, cara...

— E se não tiver ninguém lá? — perguntei.

— Tudo bem. Seria uma pena. Mas pelo menos estaríamos nos movimentando. Novas paisagens. Novas realidades. Coisas diferentes, outras ruas. Tudo diferente.

— A Martina não vai querer ir — comentei.

Ele levantou a cabeça e perguntou desconfiado:

— O que é que tem? Foda-se ela!

— Ela está esperando uma criança.

— Foda-se também essa criança. E o que você tem a ver com isso? Você pediu? Ninguém pediu.

Ele ficou irritado.

— Ela não vai querer ir. O que a gente faz? Deixa ela para trás? — perguntei.

— Você está do lado dela?

— Não é nada disso.

— Que se danem! Ela e o bebê.

— Não fala assim.

Tentei contornar e ser mais diplomata.

— É melhor a gente ficar unido, porque senão...

— Ficamos unidos quando concordamos com as mesmas coisas. Não somos grudados. Cada um pode seguir o seu caminho. E isso vale para você.

Saiu estupidamente. Não consegui contornar. Pensei no que ele tinha dito. "Isso vale para você."

Trabalhei com a intuição. Substituí as peças desgastadas como velas, fios, filtros. Tomei o cuidado de desmontar cada pedaço, desenferrujar cada um com lubrificante e recolocar tudo no mesmo lugar. Explorei os vários fios, chegando a trocar fusíveis da caixa de força. Ao ligar o gerador, sucesso. Funcionou. Fácil. Estávamos preparados para o blecaute. Mas e daí?

Fomos até o Q.G. do II Exército à procura de novas armas. Num depósito atrás de um campo de futebol, encontramos o que buscávamos, inclusive alguns uniformes do Exército. Mário deu a ideia:

— Vamos agora andar vestidos com isto. Se por acaso formos atacados por alguma organização estrangeira, ficarão intimidados com essas roupas.

Sem cerimônias, ele escolheu uma roupa de oficial: capitão. Vestiu a calça, o casaco verde-oliva e encaixou na cabeça o quepe com a patente e o brasão do Exército.

— Desconfortável — ele reclamou.

Ficou bonito e elegante. A roupa fora feita para ele. Eu, modesto, vesti o uniforme de um recruta. No quadril, coloquei um cinto onde cabiam facas, granadas e até um cantil.

— Ficou elegante — ele me disse. Agradeci.

Ficamos mexendo nas armas quando ele tirou de um armário uma grande caixa de madeira. Abrimos. Granadas, dessas feitas de ferro fundido com ruturas ao redor. Ele tirou o pino.

— Hã, hããã!

Jogou com toda a força e ela foi cair no campo de futebol. Explodiu, espalhando grama e terra por todos os lados. O zunido permaneceu no meu ouvido.

— Bravo! — ele exclamou. — Muito melhor que dinamite...

Acabou de falar e tirou o pino de outra. Desta vez caiu sobre o telhado de uma pequena construção. Explodiu despedaçando a telha de zinco. Joguei uma debaixo de uma Kombi. Explodiu. Rimos, rimos bastante.

Carregamos toda a munição num jipe do Exército. Às gargalhadas. Mário disse:

— Quero ver alguém atacar este exército.

O mundo estava correndo perigo por causa do microexército que montamos. Imaginei eu e Mário tomando posse dos silos atômicos que existem nos desertos do Arizona. Ameaçaríamos o planeta com mísseis carregados de ogivas nucleares. Que tal ser o dono do mundo?

Colocamos no jipe mais bolsas de paraquedas. Mário disse exaltado:

— Vamos pular do Corcovado, do Empire State, quem sabe até da Torre Eiffel. Imagine, pular do Corcovado e sobrevoar o Rio de Janeiro...

Meu corpo ficou grande demais, olhando para todos os oceanos, caminhando sobre continentes, sentado em vulcões, deitado em grandes florestas tropicais. Minha mão ficou grande demais, destruindo cidades com um simples tapa, construindo castelos, arrancando penínsulas. Grande e ansioso por abraçar o planeta. Rindu em expansão.

Fazer o que em São Paulo? Fazer o que em Nova York? Fazer o que com o tempo? Fazer o que com o nascimento diário do sol? Fazer o que com as granadas se estilhaçando em fragmentos? Fazer o que, caso ela tenha o filho? Fazer o que, se acabar a luz? Fazer o que, se formos atacados por jaguatiricas? Fazer o que, se tudo voltar ao normal? Fazer o que com a comida estragando? Fazer o que com tudo o que aprendi? Fazer o que com as palavras? Fazer o que com a humanidade? Fazer o que com a cidade? Fazer o que com a indiferença do que é verdade e mentira? Fazer o que para alguma coisa ter sentido?

Por que luto para conservar a minha vida? Por que tomar duas pílulas para dormir? Por que não me transformo num ponto entre o Céu e a Terra? Por que tudo isso aconteceu? Por que a velha não entrou em contato? Por que o puma não me atacou? Por que Stellinha dormiu com o pai da melhor amiga? Por que Martina abriu o corpo para mim? Por que fomos os escolhidos? Por que temer a morte? Por que temer a vida?

Talvez valesse a pena esperar. Talvez devêssemos ter filhos. Talvez encontrássemos uma cidade habitada. Talvez tenhamos morrido na caverna. Talvez eu não tenha câncer. Talvez devêssemos saltar de cidade em cidade, inconsequentemente. Talvez o paraquedas não abrisse. Talvez valesse a pena viver. Talvez valesse a pena morrer. Talvez eu me transforme num pequeno ponto entre o Céu e a Terra. Talvez a vida não fosse tão triste, nem tão repetitiva. Talvez eu ame Martina. Talvez eu ame Mário. Uma nuvem de poeira, flutuando entre o Céu e a Terra, entre a vida e a morte.

Fazer o que se eu pensava tanto? Por que eu pensava tanto? Talvez eu não devesse pensar tanto. Talvez.

Estávamos sozinhos, frente a frente. Seus olhos pareciam cansados, perdidos. Eu podia ouvir as batidas do seu coração. Esfregava o tempo todo um braço contra o outro, como se estivesse sentindo frio. Mas não estava frio. Ela estava triste, realmente triste. A mesa parecia ter dimensões gigantes, como se fosse o único móvel da cozinha. Permanecíamos calados, frente a frente, iluminados pela luz da manhã. Me servi de café. De repente, me enchi daquela situação. Coloquei a xícara sobre a mesa, levantei a cabeça e perguntei à queima-roupa:

— Por que você fez aquilo comigo?

Martina levantou a cabeça. Ficou um tempo me estranhando, como se estivesse pensando no que eu dissera. Finalmente sorriu: entendeu a pergunta. Balançou a cabeça e me olhou bem no fundo do olho:

— Pela mesma razão que você...

Fiquei arrependido de ter perguntado.

— ... Atração. Tesão. Essas coisas. Você entende, não entende?

Continuava me olhando. Meu corpo enfraqueceu subitamente. Eu ia desabar. Minha mão suava. Disfarcei: como se aquele papo fosse a coisa mais normal do mundo. Normal.

— E você gostou? — perguntei sem trair a pose.

Natural, seja natural. Outra gota de suor desabou sobre a mesa. Continuava apoiado. Ela me olhava.

— E você? — perguntou.

— É... não sei, mas foi tão improvisado, não é? Era um vídeo, depois... não é?

Limpei o suor da testa com uma rápida passada de mão. Só piorou. A mão estava mais encharcada. Que situação...

— E isso tem alguma importância? — ela perguntou. Ela só perguntava. Não dizia nada. — Tem importância? — repetiu.

Claro que sim.

— É, não tem importância — eu respondi, falso.

Meus braços começaram a doer. Eu me apoiava com muita força, quase que empurrando a mesa. Peguei com as mãos trêmulas um cigarro e acendi. Eu nunca fumava cigarros. Joguei sem querer a fumaça na cara dela. Ela fechou os olhos, abanou a fumaça e riu.

— Você gostou? — perguntou.

Não. Muito estranho. Improvisado. Rápido. Descontrolado. Se bem que o ato em si não saía da minha cabeça. Os seios, as pernas, o quente.

— Ô, Rindu, você ficou preocupado com aquilo?

Claro que tinha ficado. Por quê? Não era para ficar preocupado? Não? Será que fiquei preocupado à toa? Disfarcei. Fiz um "não, imagine!" com a cabeça. Um "não, imagine!" bem exagerado. Mas só fiz com a cabeça. Não consegui articular nenhuma palavra. Não era para ficar preocupado? Dei uma tragada tão forte que quase engasguei.

— Esquece, Rindu, foi uma loucura qualquer. Uma coisa à toa. Sexo.

Uma coisa à toa?

— Além do mais, foi gostoso — ela disse.

Pronto. Desta vez engasguei com a fumaça e tive um acesso de tosse. Os olhos arderam. Maldita fumaça! Ela riu mais uma vez:

— Você é um cara engraçado...

Falou de novo. Ela sempre falava isso. Tinha de me conformar. Para Martina, eu era um cara engraçado. Mas a verdade é que ser um cara engraçado era muito chato. Preferia ser um cara normal, não engraçado. Apaguei o desgraçado cigarro no pires.

— É, mas acontece que... Foi... Bem...

Eu não estava conseguindo exprimir uma frase sequer. Ela se levantou da cadeira e veio para perto de mim. Segurou a minha mão e deu um sorriso.

— Você é um cara sensível. Desculpe se te magoei.

Ela não tinha me magoado.

— Você é um cara legal, muito legal...

Seu sorriso mudou. Sua cara mudou. Os olhos embaçaram rapidamente. Tentou falar mais alguma coisa, mas... um nó na garganta. Me levantei e coloquei a mão no seu ombro. Ela começou a chorar. Encostou a cabeça no meu peito e chorou. Eu a abracei. Apertou o rosto contra o meu peito. Triste, muito triste. Num dado momento, ela levantou a cabeça e com os olhos vermelhos falou:

— Esse filho pode ser seu...

Meu coração estremeceu. Tive vertigem.

— Eu não tenho certeza... — enxugou o nariz.

Foi a coisa mais absurda que já ouvi. Me perdi completamente. Imagens de crianças gordas, carecas, sorrindo para mim. Meus braços ficaram imóveis ao redor do seu corpo. Não consegui falar nada, nem pensar em nada. Apenas vi as imagens dos bebês gordos, carecas, sorrindo para mim.

— O que eu faço, Rindu? O que eu faço? Vocês não querem, nem são obrigados. Sei que Mário planeja cair fora. Ir embora daqui. Mas eu não posso. Não agora...

Bebês gordos com a minha cara, minhas mãos, meus pés, meus gestos...

— Por que a gente não deixa como está? A gente mora nesta casa, cria essa criança e mais crianças. Sei que não está nenhuma maravilha. Mas vamos deixar assim — ela disse fungando o nariz. — Deve estar tudo deserto, abandonado. Senão, eles já teriam aparecido, não é?

Desgrudei dela e peguei outro cigarro. Foi difícil tirar um palito de fósforo da caixa, com as mãos trêmulas. Ela me ajudou.

— O que eu faço? — perguntou.

Acendeu meu cigarro. Traguei fundo. Acho que nunca havia tragado com tanta força. Pai; por mais absurdo que possa ser. Nos olhamos. Desta vez, foi ela quem puxou meu corpo para perto dela.

— O que a gente faz?

Encostei a mão no seu corpo. Dentro dele... uma semente.

— O que a gente faz? — perguntou mais uma vez.

Encostou a sua testa na minha. O que a gente faz? Soltei a fumaça. Me abraçou mais forte. Bebês gordos, carecas, com a minha cara. Tocou o seu nariz no meu. Pai. Foi inevitável: nos beijamos.

— VOCÊ ME TRAIU! VOCÊ ME TRAIU!

Era Mário, apontando para mim. Para mim.

Ouvi um estrondo que fez tremer o chão e as paredes do meu quarto. A porta do armário abriu sozinha. Outra explosão. O teto rachou; caiu um pouco de cimento na minha cabeça. Corri para o corredor. Uma terceira explosão me obrigou a me jogar no chão e cobrir a cabeça com as mãos. Do terraço, vi o posto de gasolina em frente do *bunker* em chamas. Uma rajada de metralhadora pipocou atrás de mim. Me escondi atrás do parapeito. Outra rajada arrancou lascas da mureta. Se corresse, seria atingido. Fiquei um tempo encolhido, até que caiu, perto de mim, uma granada. Sem o pino. Saltei para dentro e me atirei atrás de um sofá. Explodiu, cobrindo tudo com fumaça. Com os ouvidos zunindo, corri até o quarto de Mário e peguei uma metralhadora. Cruzando com a Martina, apavorada, gritei:

— Se proteje em algum canto!

Um princípio de incêndio começou na saleta de TV. Corri para o térreo e fechei a porta principal. Os cachorros latiam desesperados. Tiros de metralhadora atingiram os móveis da sala e o grande armário de louças. Outra granada explodiu arrebentando tudo. Mais fumaça. Quebrei uma janela com o cabo da metralhadora e passei a atirar para todos os lados. Depois, mirei as janelas do prédio em frente e disparei. Meus olhos começaram a arder por causa da fumaça. Parei. Ouvia o barulho do fogo incendiando o posto. O que era aquilo? Estava sendo atacado. Por quem? Por quê? Piratas? Pelo monitor do circuito fechado pude ver que o portão estava intacto. Pelos outros monitores não vi ninguém, nada, exceto o tal posto pegando fogo. E Mário? Desde de manhã que eu não o vejo. Onde ele está? Pode estar correndo perigo. Pode ter sido atingido. Merda! Outra explosão. Uma granada arrancou um pé do piano. Desabou tocando um acorde desafinado. Uma nova rajada acertou em cheio o lustre de cristal. As balas vinham de várias partes.

Sem pensar muito, saí agachado pela porta de trás. Passei pelo chafariz e me escondi numa pequena moita, perto do muro. Fiquei entrincheirado naquele lugar. De lá, eu podia ver qualquer pessoa que pulasse o muro. Fiquei com a metralhadora apontada. Se alguém pular, eu atiro! Se qualquer coisa aparecer na minha frente, eu atiro! Mais uma rajada fuzilou os móveis da sala. Percebi um dos atiradores atrás da janela do quarto andar do prédio em frente. Filho da puta! Notei a sua silhueta e o cano da metralhadora. Me controlei. Se eu atirasse, ele me descobriria. Só atiro se houver uma invasão! Escondido naquele lugar, eu estava em vantagem. Como conhecia a casa muito bem, a melhor coisa a fazer era esperar.

Houve uma trégua, comecei a temer por Mário. Se ele ainda estivesse vivo e aparecesse desavisado, seria metralhado na certa. Merda! Há quanto tempo estavam nos vigiando? Será que esperaram a melhor oportunidade? Poderiam ser homens, homens sobreviventes sem mulheres. Viram a Martina e pronto. Queriam levá-la. Filhos da puta!

Outra rajada pipocou na porta de correr. Me levantei e atirei em todas as direções, crivando as janelas do prédio em frente. Queria explodir tudo. Raiva! Logo recebi uma saraivada que não chegou a me atingir. Fui descoberto. Corri para dentro da casa. Burro!

Subi com a metralhadora em punho e peguei mais munição no quarto de Mário. A grande escada de mármore era a única ligação com o resto. Coloquei almofadas e poltronas ao longo do corrimão. Ah, os filmes de guerra serviram para alguma coisa. Me instalei no alto da escada, de onde eu via o hall de entrada, o terraço e quase todo o segundo andar. Se alguém quisesse subir, estaria na minha mira.

Outra granada explodiu na sala. Comecei a sentir mais ódio. Se algum deles aparecesse na minha frente, seria capaz de cortá-lo ao meio, disparar balas contra seus olhos, seus dentes, despedaçar seu corpo. Tanto tempo esperando encontrar sobreviventes e o que aparece é esse tipo de gente... Assassinos! Meu dedo, no gatilho, estava tenso, pronto para atirar.

Horas de espera, medo, ódio. De tempo em tempo, eles jogavam uma granada para dentro da casa. Explodia, mas eles não apareciam. Tentavam me vencer pelo cansaço. Escurecia. Não acendi nenhuma luz. No escuro, eu era mais forte. Mário não aparecia. Ouvindo o barulho, ele ia correr para ver o que estava acontecendo e dar de cara com os assassinos. Merda!

Martina se manteve ao meu lado, segurando a arma com as duas mãos. Eu estava todo sujo de fuligem. Me lembrei do solitário soldado atirando contra o inimigo. Ri. Martina me olhou estranhando. Rindo? Mas era assim mesmo. Continuei rindo. O soldado solitário que tem o seu charme.

* * *

Os pássaros cantavam. Amanhecia. Aos poucos, as coisas ficavam nítidas. Havia poeira, fuligem, balas, móveis destruídos, buracos por todo lado. Há um bom tempo tinham parado as explosões de granada, os tiros. O incêndio do posto em frente também terminara. Martina cochilava do meu lado. Ainda segurava a arma. Eu havia permanecido todo aquele tempo na mesma posição, atento a tudo. Desistiram? Trégua?

Agachado, fui até o terraço e me escondi atrás do parapeito. Não havia ninguém, nenhum movimento. Vamos sair daqui. Pegar um carro, correr, despistar. Depois, nos refugiamos ou no "sobrado escroto", ou na casa dos pais de Martina, ou em Sorocaba, um lugar em que certamente Mário nos encontraria. Esperar por ele para somarmos força. Talvez até entrar em acordo com o inimigo. Inimigo?

Acordei Martina com um leve toque em seu ombro. Combinei os planos. Peguei um fuzil.

Descemos a escada em silêncio e fomos até a Veraneio. Dei a partida e abri o portão com o controle remoto. Arranquei cantando pneu. Na avenida, acelerei na direção do Centro Velho, me lembrando das várias ruas que poderiam facilitar uma eventual fuga. Pisava fundo, me desviando dos carros largados na pista. Desci a 13 de Maio já me preparando para entrar no Minhocão. No viaduto, Martina avisou assustada:

— Tem um carro nos seguindo!

Olhei no retrovisor. Filhos da puta! O sangue me subiu à cabeça. Ódio.

No final do elevado, dei um cavalo de pau, ficando de frente para o viaduto já percorrido. Ódio. Acelerei contra o inimigo. Matá-lo. Ele vinha na minha direção.

Mantive o volante firme, correndo contra ele. Agora quero ver... Desviaram a poucos metros, cruzando comigo a toda.

— Só tem uma pessoa — me avisou Martina.

Filho da puta!

Voltei até o início do elevado e girei de novo 180 graus. Nunca matei ninguém. Nunca imaginei que pudesse. Nunca imaginei que um dia eu ia querer. Acelerei.

— Quando ele cruzar de novo, atira essa granada. Tira o pino, conta até três e joga. Entendeu?

— Deixa comigo... — ela respondeu.

Ele vinha contra nós, só que na outra pista. Pisei fundo. A poucos metros, gritei:

— JOGA!

Ela tirou o pino, contou até três e jogou, antes de cruzarmos. Observei pelo retrovisor a granada explodir na frente do seu carro. Atravessou a fumaça, perdeu o controle e bateu com tudo nas laterais do elevado. Dei meia-volta e parei, não muito perto. Ficamos um tempo dentro do carro, olhando. O inimigo estava imóvel, com a cabeça apoiada na direção. Desacordado? Morto? Abri a porta com calma.

— Se ele se mexer, eu atiro — disse Martina com o fuzil na mão.

A fumaça se dissipou. Caminhei devagar, engatilhando a metralhadora. Ele continuou imóvel. Cheguei perto. Ele abriu a porta com toda a força me derrubando no chão. Gritou para Martina:

— Não se mexe senão eu mato!

Era Mário.

— O que você está fazendo? — perguntei.

— Ganhei!

Quando tentei me erguer, ele ordenou:

— Fica sentado!

Em seguida, deu uma gargalhada. Seus olhos piscavam como num tique.

— Você ficou louco?! — perguntei.

— Cala a boca! Quem manda aqui sou eu! — permaneceu me apontando a arma.

— Qual que é? Você vai me matar?

— Traidor não se mata com arma de fogo. Traidor se enforca.

— Por que você fez isso? Destruiu toda a casa. Quase nos matou...

— Você estragou tudo! — ele respondeu.

— Estraguei o quê?

— Você ainda pergunta? É burro. Muito burro! Não sei como te aguentei todos esses anos. Você tinha me prometido. Você é burro!

Deixei ele continuar falando, com a arma na minha cabeça.

— Você não percebe o que está acontecendo?

— Não. Não percebo — respondi.

— Que saco! Vou ter de te explicar. Vou ter sempre de te explicar tudo? Você nunca entende nada. Burro!

Pausa. Tentei pensar no que ele estava falando. Estraguei o quê? Seus olhos continuavam a tremer. Ele não tinha esse tique.

— O que eu estraguei? — perguntei.

— Tudo!

Tudo o quê? Ele vai ter de me explicar.

— Tudo o quê?

— Tudo!

— Fala, porra!

— Não grita! — ele gritou.

Fiquei quieto. Ele não disse nada, apontando aquela arma para mim. Martina no carro, com o fuzil nas mãos. Tentei novamente.

— O que eu estraguei?

Seus olhos tremeram mais. Sua testa estava suada. Ele respondeu:

— Eu e você.

Fiquei surpreso.

— O que é que tem? — perguntei.

— Como o que é que tem? Você estragou.

— Estraguei eu e você? — perguntei.

— Você é burro mesmo!

— Você já falou isso. Está sendo repetitivo.

— Me respeita! Quem manda aqui sou eu — ele disse.

— Ah, e que diferença faz?

Me levantei, desobedecendo. Ele levantou a arma. Estava quase de olhos fechados.

— Fica sentado!

Dei as costas e caminhei em direção à Veraneio.

— Volta aqui!

Não parei.

— Eu vou te matar!

Não parei.

— Traidor! Você me paga! Burro!

Entrei no carro, dei a partida e fui embora. Martina, ao meu lado, não disse nada. Eu não disse nada.

A entropia. Mário nos abandonou, indo morar num lugar desconhecido. O maldito universo se expandiu. Ele estava na cidade: sempre ouvíamos os estouros de granada e dinamites. Estava destruindo tudo: estátuas, monumentos, postos de gasolina, tudo. A destruição.

Martina descobriu que era eu o seu único protetor. Passou a fazer de tudo para me agradar. Exagerava. Cozinhou pratos especiais, organizou jantares caprichados. Me trazia sempre café com muito açúcar. Se esforçava em contar histórias longas. Mais do que nunca, o câncer me atacou. Tonteiras à toa, cansaço, muito cansaço. Sentia que havia uma forte pressão prestes a ser rompida; um elástico esticado até o limite. Entropia. Maldito universo se expandindo. Dois comprimidos para dormir. Dois para acordar. Até quando?

Não havia mais nada para ser resolvido, nem explicações para dar, nem saídas à vista. Esgotou a fonte. Eu e você. O maldito universo em expansão.

Febre. Câncer. O corpo ardia. Tremedeiras. Martina ao meu lado. Quente. Ela passava alguma coisa na minha testa. Quente. O teto balançava. Vultos cercavam a cama. Amém. Riam de mim. Gritavam comigo. Parem! Murmuravam sons estranhos. Não conseguia entender. O que eles estão falando? Estava quente, muito quente. Todo suado, praticamente colado à cama. Eu tremia. Martina colocava alguma coisa no meu braço. Pedia para apertar. Apertar o quê? A coisa debaixo do braço. Termômetro. Graus. Febre. Ela falava comigo. Ela falava muito rápido, eu não conseguia acompanhar. E eu tremia, como tremia. Uivos de cachorros. A lâmpada parecia pulsar, pulsar, pulsar, pulsar... Martina me servia uma sopa. Quente. Ela escorria no meu corpo. Delícia. Se misturava com o meu suor. Martina descobriu que eu era seu único protetor. As paredes se mexiam, cada vez mais longe. Havia ecos. Fechava os olhos e via rostos misturados, rostos engraçados. Ria. Todos falavam comigo. O que tanto tinham para me dizer? Quente.

Febre. Câncer. Quente. Eu estou morrendo. Finalmente estou morrendo. Eles já não falam tanto. Desistiram. Sozinho. Eu vou morrer sozinho. E que diferença faz? Nenhuma. Nada. Sou. Só.

Me levantei como marionete; as forças que me moviam não eram as minhas. Eu estava leve, muito leve. Não sentia os pés no chão. Não sentia calor, nem frio, nem dor. Não tremia. Flutuava. A luz alaranjada, insistente, se apagou. Desci a escada sem fazer o menor esforço. Nunca me movimentara com tanta facilidade. Assim que saí, me assustei com a imensidão do céu. Estava superestrelado. Lindo. Entrei no carro. Ele ligou sozinho e passou a andar sem que eu o guiasse. Correu por várias ruas e avenidas. Os duros acenavam para mim. Pareciam felizes. Eu acenava de volta emocionado. Obrigado, muito obrigado. Flashes de luzes verdes e vermelhas estouravam pelo caminho. Estrelas me seguiam. Flores fosforescentes nasciam do asfalto. Cartazes me saudavam: seja bem-vindo. Serei.

O carro parou num parque. Museu do Ipiranga. Assim que pus os pés no chão, a escada ficou iluminada, as portas e janelas se abriram, as luzes se acenderam. Seja bem-vindo. Quando entrei no prédio, um vento arrancou a minha roupa. Arrepios. Fui caminhando até entrar num salão com piso de mármore. Alguns índios me saudaram. Eu os saudei. Me ofereceram um cachimbo comprido. Aceitei e comecei a fumar, fumar. Soltava uma fumaça verde que subia e formava nuvens no teto. Nuvens brilhantes. Eles ficaram alegres. Riram. Eu também. Claro, era tão engraçado... Depois começaram a dançar. Eu também. De mãos dadas, formamos um círculo e ficamos girando, dançando, rindo. Um pajé apareceu e foi para o centro. Todos se sentaram e fizemos silêncio. Ele começou a falar no seu idioma e a apontar para a nuvem verde que nos cobria. Eu conseguia entendê-lo. Anunciou uma nova Era. Nova Era. Em seguida, apontou para mim e disse que era eu o premiado. O premiado. Todos me aplaudiram, felizes. Me cumprimentaram num abraço. Muito obrigado. Agradeci e disse que estava muito feliz. E estava mesmo. Uma bonita homenagem. Finalmente eles me levantaram. A nuvem me cobriu. Me carregavam dançando e cantando. Verde. Senti que estava sendo levado para uma outra sala. Me deitaram numa cama bonita. A nuvem se dissipou. Fiquei sozinho. Escuro. Silêncio. Uma nova Era. Viver numa nova Era...

No meio do escuro, tudo escuro, vários holofotes me iluminaram. Eu não conseguia ver o que havia à minha volta. Luzes. Ouvi passos se aproximando. Um vulto. Era Stellinha, minha ninfa, coberta por um véu. Ela sorria. Disse que era um presente. Tirou o véu ficando nua. Deitou em cima de mim e abriu as pernas. Contei que estávamos entrando numa nova Era. Ela falou que já sabia de tudo. Rimos. Ela estava bastante feliz. Passou a falar o meu nome. Rindu. Senti ela me beijando... eu dentro dela. Seu corpo se contraiu e foi relaxando até se abrir. Meu presente.

Nos amamos.

Felizes.

Nova Era.

Depois de um tempo, corremos de mãos dadas por um labirinto. Corredores e mais corredores. Salas e mais salas. O Reino Animal. A Natureza. O Homem. Um vento quente nos seguia por toda parte. Nos empurrava. De repente, ela desgrudou de mim e sumiu. Stella! Gritei seu nome. Stella! Olhei para trás e vi o puma. Nos encaramos. Ele rosnou. Eu rosnei para ele. Caminhou até se sentar na minha frente. Me agachei e comecei a passar a mão na sua cabeça. Puma. Outro presente, só podia ser. Ele colocou as patas no meu ombro. Brincalhão. Rolamos pelo chão. Brincando. Passei a correr e ele a me seguir. Saltamos bancos, subimos e descemos as escadas, corremos, pulamos, rolamos. Meu presente.

De repente um tiro. Meu pai, do alto de um pedestal, com um rifle na mão. Atirara sem acertar; o puma se esquivou e fugiu assustado.

— Porra, pai, por que você fez isso?

— Estava te defendendo, filho.

— Defendendo do quê? Ele não ia me atacar!

— Como é que você sabe? Não se deve ter tanta confiança. Você sempre confia demais nas coisas.

— Nós só estávamos brincando. Você estragou tudo!

— Não fale assim com o seu pai — disse a minha mãe saindo de trás dele.

Me sentei num banco irritado. Ela veio e se sentou ao meu lado.

— Como você está? Estávamos preocupados. Há meses que não manda notícias...

— Estou bem, mãe.

— Você está abatido. Magro.

— Tudo bem, mãe.

Meu pai se sentou também ao meu lado.

— Estávamos com saudades. O que você tem feito?

— Muitas coisas.

— Como vai a faculdade?

— Não sei. Faz tempo que não vou lá.

— Você precisa vir nos visitar.

— Quando eu tiver tempo...

— Não seja rude com o seu pai — minha mãe reclamou.

Era verdade. Eu estava sendo rude.

— Vocês estão bem?

— Com os "probreminhas" de sempre... — disse meu pai.

— Como vão Clóvis, Cláudio?

— Vão bem.

— Eles continuam fazendo buracos no jardim?

Eles riram.

— Mandem lembranças. Digam que eu gosto muito deles e que estou morrendo de saudades. Está bem?

E estava mesmo.

— Desculpem, mas tenho de ir.

— Vem nos visitar no próximo verão.

Me levantei e dei um beijo em cada um.

— Juízo! — disse a minha mãe.

— Não confie tanto nas coisas, filho — disse meu pai.

— Está bem. Adeus.

Saí.

Entrei desligado numa sala cheia de liteiras. Numa delas, um braço estava para fora da janela. Cheguei perto bem devagarzinho.

— Há, hááá...

Era Stellinha. Pulou no meu pescoço, deu uma lambida e saiu correndo. Safada... Fui atrás, com o vento quente pelas costas. Ela ainda estava nua e corria, se escondia atrás de colunas, me dava sustos e corria, sempre sorrindo. Seu corpo brilhava. Presente nu. Eu queria alcançá-la a qualquer custo. No entanto, quanto mais eu corria, mais me afastava dela. Cansado de tanto correr, desisti e parei. Sentei numa escada para recuperar o fôlego. Foi quando eu vi, num canto da sala, aquele sujeito esquisito. Clérico. Ele estava agachado.

— E aí, como vai? — perguntei de longe.

Ele me olhou mas não respondeu nada.

— Você saiu aquele dia e nunca mais a gente se viu...

Foi então que lembrei que eu e Mário o expulsamos do grupo, na entrada daquela caverna.

— Você estava com medo de entrar, lembra?

Ele continuava agachado, sem responder nada.

Me levantei e fui até perto dele.

— O que você tem feito?

— Nada — ele respondeu.

Nada? Como é que alguém podia não estar fazendo nada? Era um cara esquisito mesmo!

— Você não está muito a fim de conversa, não é?

— Sei lá.

— Está bem. Eu vou embora.

Ele não estava muito a fim de conversa mesmo.

Antes de sair eu lhe perguntei:

— Você ainda fica muito tempo trancado no banheiro?

Ele levantou a cabeça e respondeu irritado:

— Porra, você não está vendo que eu estou tentando me concentrar?

Foi quando percebi que ele não estava simplesmente agachado. Ele estava num penico de louça. Com as calças arriadas e tudo. Está bem. Eu o deixei em paz. Dei as costas e saí.

Numa sala escura, uma mão encostou no meu ombro. Me virei devagar. Era a velha, com um pedaço de pau na mão.

— Calma. Não é você que eu procuro. Você fica.

Ela saiu. As luzes das outras salas foram se apagando. Comecei a sentir frio, muito frio. As janelas se fecharam. Me encolhi num canto, amedrontado, com as mãos tremendo. Escuro. O corpo todo dolorido. Frio. Um facho de luz foi se aproximando. Uma lanterna. Iluminou a minha cara. Não dava para ver quem estava atrás.

— O que você está fazendo aqui?

Era a voz de Mário.

— É que... começou uma nova Era — respondi batendo os dentes de frio.

— Você está nu!?

Me cobriu com o seu casaco de oficial.

— A partir de hoje... tudo vai mudar — eu consegui dizer.

— Você está tremendo. Acho melhor te levar para casa.

Ele me abraçou e me carregou no colo até a saída. As luzes do museu estavam todas apagadas. Assim que saímos a porta se fechou e parou de ventar. Estava amanhecendo. Ele me levou.

Acordei zonzo, com o corpo todo dolorido. Abri a janela e notei que o sol já estava se pondo. Fim de tarde. Desci encontrando Martina na cozinha.

— Você está melhor? — perguntou.

Colocou a máo na minha testa.

— É, a febre já passou. Puxa, pensei que você ia morrer.

Me sentei. Estava ainda bem fraco. Ela colocou uma xícara na minha frente e me serviu café. Com bastante açúcar.

— Ele esteve aqui esta manhá — ela disse.

— Quem?

— Quem poderia ser? Mário.

Claro. Quem poderia ser?

— E o que ele queria?

Ela se sentou e fez uma cara preocupada.

— Ele veio se despedir.

— Por quê?

— Porque ele vai embora.

— Para onde?

— Náo sei. Mal conversamos. Ele estava estranho. Eu também. Fiz que não ligava a mínima. Fingi que nem me importei. Ah... como eu sou babaca.

Olhou para o cháo. Triste.

— Ele mandou te entregar isso.

Dentro de um envelope, a estrela que ganhou por ter ido ao acampamento Belo Recanto. Veterano.

— Ele foi embora de São Paulo — ela disse. Ele foi embora.

— Você vai atrás dele? — perguntou.

Não tinha pensado nisso.

— Não sei... apesar de tudo, eu não queria que ele fosse — ela disse, me deixando cada vez mais triste. — Ele tem de ajudar a criar o nosso filho...

Pôs a mão na barriga e sorriu. Estranhei. Até então, ela afirmava que não tinha certeza. Desta vez, falou claramente "nosso filho". Por quê? Tive um pensamento idiota: talvez ela nem estivesse grávida.

— E se eu encontrar o Mário e resolvermos não voltar?

Foi uma provocação. Não sei por que disse aquilo, mas foi uma provocação.

— Você não faria isso com o seu filho...

Duvidei mais uma vez que fosse meu filho. Estranho, não estava gostando nem um pouco daquela conversa. Acho que era por causa da gripe, febre, sei lá.

— O que foi? Por que está me olhando com essa cara? — ela perguntou.

Não sabia com que cara eu estava olhando.

— Nada. Não é nada.

Ela acendeu um cigarro. Estava tensa. Fazia de tudo para não demonstrar, mas estava. Começou a fumar sem parar. Pensei em dizer para não fumar, por causa do "nosso" filho. Mas não disse. Fiquei só olhando.

— Hiii, que cara!?

Meu Deus, que cara eu estava fazendo?!

— Você sabe para onde ele foi?

Sabia. Rio de Janeiro. Aquela estrela era um sinal.

Há muito tempo, eu e Mário viajamos de trem para o Rio. Tínhamos pouquíssimo dinheiro. Mas deu na telha e fomos, para passar o fim de semana. Na primeira noite, andamos por muitos bares e restaurantes em um lugar que os cariocas chamavam de Baixo; não entendi a razão, porque, tirando alguns morros, a cidade é plana, no nível do mar. Cruzamos com várias personalidades da televisão, a ponto de confundirmos o garçom com um galã de novelas. Todos sorriam bastante, gesticulavam, falavam alto, gargalhavam com qualquer coisa. Imaginei que o carioca era o povo mais feliz do mundo. Pessoas muito bonitas, saudáveis, bronzeadas, corpos lindos. Imaginei que o carioca era o povo mais bonito do mundo.

A uma certa altura, seduzidos pela descontração e beleza, entramos numa pizzaria cheia de gente famosa. No princípio, julguei que fosse um lugar reservado aos artistas e que seríamos expulsos a qualquer momento. Num canto, uma modelo, cujos seios estiveram à mostra num comercial da TV, trocava carinhos com um astro do rock. No outro canto, um compositor baiano trocava carinhos com meia dúzia de adolescentes. Um grande escritor trocava carinhos com uma pizza. Era o único que não sorria. Um grupo de atores de um teatro experimental experimentava todos os tipos de pizza. Eram os que falavam mais alto, os que riam mais alto e os que gesticulavam mais. Imaginei que os atores de teatro experimental eram pessoas mais que felizes.

Timidamente, sentamos na última mesa. Eu olhava para eles morrendo de inveja: no fundo no fundo, eu queria mesmo era ser bonito, queimado de sol e feliz, como os cariocas. Olhava para tudo com interesse e admiração.

— Quer parar de fazer essa cara de babaca!

Mário me censurou.

Parei. Comecei a fingir que eu também era famoso, feliz, um grande pintor. Fiz cara de famoso. Peguei uma caneta e comecei a desenhar o lugar na toalha. Media as pessoas com a ponta da caneta e desenhava ferozmente. Tela branca. Imaginação. "Criar é preencher espaços vazios..."

O garçom me reprimiu.

— Se quer desenhar, vá comprar papel na papelaria!

Me desculpei. Garçons são os inimigos número um dos grandes artistas. Eles não entendem...

Mário se virou para a mesa do lado e fez um convite à cantora de rock, Paula, Fernanda, sei lá, que comia uma pizza com os amigos.

— Você quer dançar?

Ela riu, simpática, mas recusou:

— Não está tocando nenhuma música.

Ele não desistiu:

— Não faz mal. A gente inventa.

Mário às vezes me fazia passar uma tremenda vergonha. Fingi que não era seu amigo, olhando para o outro lado, com cara de famoso.

— Obrigada pelo convite mas é que eu estou com os meus amigos...

Ela era realmente simpática.

— Não faz mal. Eu também estou com meu amigo.

Ela riu e olhou para mim. Continuei olhando para o outro lado. Um grande artista não olha para qualquer garota. Ele insistiu:

— Como é que você pode recusar o convite de um veterano de guerra? — perguntou mostrando a estrelinha do acampamento.

Ela riu novamente. Ela não parava de rir.

— Que guerra?!

— Que guerra? Ora, que guerra, a Guerra do Paraguai.

— Isso foi há mais de cem anos!

— Eu sei. É que estou bem conservado.

Ela recusou. No entanto, ficaram a noite toda batendo papo, rindo à toa. Eu, eu nem liguei. Um grande artista não liga para nada.

No dia seguinte, a tal cantora de rock nos levou para conhecer toda a cidade. Era muito simpática. À noite, ela nos deixou na estação ferroviária. Fomos embora. Nunca mais a vimos. Mário ficou um mês sem falar em outra coisa. Se apaixonou perdidamente pelo Rio de Janeiro e, obviamente, pela cantora. Chegou a escrever uma grande carta de amor. Mas ela não respondeu. Um grande artista não liga para nada. No entanto, ele continuou apaixonado, pela garota e pela cidade.

Ele fora para o Rio de Janeiro. Eu tinha certeza.

Quando recuperei um pouco as forças, passei o dia limpando a casa, na medida do possível; quase tudo fora destruído. Instalei outra TV e outro aparelho de vídeo. Joguei fora os móveis quebrados. Varri todo o chão. Uma vez, prometi nunca abandonar Mário. Uma vez, senti muito medo de perdê-lo, senti medo de ele morrer. "Estragou tudo, eu e você", ele me disse. Enchi o gerador elétrico com óleo diesel. O blecaute iria chegar, com certeza.

À noite, fumei um no terraço olhando para o vazio. A cidade estava silenciosa. Vazia. Mário fora embora e eu percebi que estava com medo. E se ele nunca mais voltar? E se ele morrer? Mário estava indo embora e eu ali, olhando para o vazio... Maldito vazio!

Martina se aproximou. Me deu uma xícara de café e sentou do meu lado.

— Por que você está me olhando com essa cara? — perguntou.

Não conseguia dormir. Estava tudo muito silencioso: nunca conseguia dormir com muito silêncio. Meus olhos se mantinham bem abertos. Abri a janela porque estava muito quente. Tirei a roupa e tentei mais uma vez. Nada. Estiquei a mão, peguei o vidro de comprimidos e engoli dois. A porta se abriu. Martina. Caminhou calmamente até o meu lado e ficou ali, sentada na cama.

— Eu estava sozinha e... me deu vontade de vir aqui.

— Só por isso?

— E você não acha um bom motivo? — perguntou.

Talvez fosse um bom motivo. Ela cruzou as pernas. Estavam pálidas e arrepiadas. Lindas pernas. Me cobri um pouco mais; estava nu debaixo do lençol. Perguntei:

— Você não tem enjoado mais?

— Não. Não sinto mais nada.

— Nem o bebê?

Ela riu. Me explicou, professoralmente, com uma voz gozada, como se eu fosse uma criança:

— Ainda é muito cedo. Provavelmente, ele é menor que o seu polegarzinho.

Criança gorda, careca, sorrindo para mim.

— Põe a mão.

Ela se sentou mais perto, pegou a minha mão e a colocou sobre sua barriga.

— Não está emocionado por fazer carinhos no seu filho?

Não estava. Mesmo porque ele era menor que o meu "polegarzinho". Além do mais, não sabia se aquele bebê era meu mesmo. Não sei por quê, mas desconfiava. Ela continuava a esfregar a minha mão na sua barriga.

— Você vai buscá-lo, não vai?

— Quem? — perguntei.

Óbvio. Quem poderia ser? Aos poucos ela foi puxando a minha mão até encostar nos seus seios. Suspirou, se acomodando melhor na cama.

— Você gosta? — perguntou.

— Acho que sim.

Fiquei com a mão parada, segurando os seios. Ela me olhava, ainda maternalmente. Cansado de segurar, eu os apertei como se aperta uma buzina.

— Não. Não é assim... — ela falou.

Segurou a minha mão novamente e esfregou contra seu peito. Finalmente ela se aproximou e me beijou.

— Você gosta? — perguntou de novo.

— Hum, hum.

Ela se deitou sobre mim, abriu as pernas e se encaixou. Abaixou a cabeça e ficou balançando os cabelos na minha cara.

— Você gosta?

Não respondi. Me beijou mais uma vez. Levantou a cabeça e me olhou.

— O que foi? — perguntou.

— Não sei.

Ela saiu de cima de mim e ajeitou o cabelo.

— Desculpe — falei.

Pausa. Ficamos em silêncio.

— Bem. Eu vou dormir — ela saiu da cama.

— Não. Fique aqui.

— Por quê?

— Para eu não ficar sozinho. Você não acha um bom motivo? — perguntei.

Verão

— Você consegue convencê-lo quando quer — ela disse colocando a roupa na mala. — Diz para ele voltar e que a gente começa tudo de novo.

Peguei uma metralhadora ainda em bom estado, caixas de munição e granadas.

— Cuidado na estrada. Se vir alguém, pare, mas seja prudente. Não vai comer qualquer porcaria. Você pode pegar butolismo. Tenta arrumar algumas frutas frescas. Deve ter uma árvore qualquer. Por que você está rindo?

— Não. Não é nada — respondi. Eu nem notara que estava rindo.

— Não esquece. Diz pra ele que a gente começa tudo de novo. Vida nova. Podemos mudar de casa, sei lá. Plantamos uma horta, criamos uns bichos. Vaca. Deve ter alguma vaca viva por aí. É só procurar. Nosso filho vai precisar de bastante leite. A gente arruma uns cavalos. A gente pode fazer um monte de coisas. Diz isso pra ele, que a gente vai fazer um monte de coisas. Você está rindo de novo.

— Desculpa — eu estava rindo de novo. O que estava havendo comigo? Minha cabeça estava tão longe...

— Não vá parar em qualquer lugar. Olha tudo direitinho. Sempre que você sair, leve a metralhadora.

Colocou comida num saco.

— Ah, cuidado com as cariocas. Elas são terríveis...

Desta vez foi ela quem riu.

Coloquei a mala no banco de trás da Veraneio.

Chamei o Alfredo. Abri a porta e ele entrou:

— Você vai fazer uma viagem.

Entrei e fechei a porta. Ela enfiou a cabeça para dentro e me deu um beijo. De repente, ela me fez uma cara preocupada.

— Você vai voltar, não vai?

Olhei para ela, dei a partida e sorri.

— Por que você está me olhando com essa cara? — ela perguntou.

Engatei a primeira, abri o portão com o controle remoto.

— Tenha cuidado — falei.

Arranquei. No retrovisor, a imagem dela acenando.

Na Marginal do Tietê, observei marcas recentes de pneus sobre a camada de terra no asfalto. Ele passara por lá. Coloquei uma fita no walkman, acendi mais um e peguei a Via Dutra.

Quanto mais avançava, melhor me sentia. Novas paisagens, novas cidades, novas caras. Quanto mais avançava, mais aliviado me sentia. Deixava para trás a febre, o tédio, os fantasmas da solidão. Acelerava com prazer, deixando para trás a fuligem, os estouros, a destruição. Incêndios, ratos, peste, morte. Os comprimidos! Tinha esquecido os comprimidos para dormir. Dane-se! Dane-se a velha doida. Dane-se a cidade-fantasma.

Na margem da estrada, pastos cobertos por mato, aves pousadas nas cercas, vento balançando árvores, casas abandonadas, fábricas paradas, postos de gasolina desertos, cobertos de terra, arbustos, poeira, ferrugem.

Em São José dos Campos tive um pressentimento. Parei o carro na estrada que desce para o litoral. Desci e examinei as marcas de pneus. Como imaginei: Mário fora pela Rio-Santos, o caminho do mar. Malandro. Peguei a estrada, seguindo Mário. O asfalto estava pior, esburacado. Mas não havia pressa. Não precisava correr. Mário estava no Rio, esperando por mim. Tinha certeza. Ele não sairia de lá enquanto eu não chegasse. Afinal, eu prometera.

De um momento para o outro, comecei a pensar na possibilidade de prosseguir viagem. Pegar Mário e subir o país. Desbravar novas cidades. Nordeste, praias, coqueiros, Amazônia, índios. Depois, subir mais ainda. Invadir países como um pequeno exército. Quem sabe, ir a Nova York, saltar de paraquedas do Empire State. Uma nova Era. O universo em expansão. Quanto mais pensava, mais animado ficava. Vida nova.

Parei em Paraibuna, uma pequena cidade à beira da estrada. Estava abandonada, como tantas outras. Encontrei um mamoeiro carregado de frutas. Peguei uma vara e derrubei dois mamões maduros. Abri um deles com o canivete. Uma delícia; no ponto. Há tempos não comia algo parecido, fresco, vivo.

Não sei por que dei um grito. Acho que para marcar a minha presença.

— PARAIBUNA!

Ecoou por todo o vale. Muitos pássaros voaram.

— QUEM NASCE EM PARAIBUNA O QUE É? PARAIBUNDANO?

Alfredo achou umas galinhas na beira do rio e, óbvio, correu para cima. Elas fizeram o maior estardalhaço, mas se safaram agilmente. Galinhas... essa é boa.

— PARAIBUNA! VOCÊ NÃO TEM DONO! VOCÊ ESTÁ PERDIDA NO MEIO DO MUNDO!

Chamei Alfredo lhe oferecendo um pedaço de mamão. Ele não quis. Merda, um cachorro não vegetariano. Vai me dar trabalho...

Voltei para a estrada. Atravessei a Serra do Mar; a natureza virgem quase se fechava sobre a estrada. Não sei, mas aquela estrada estava bonita: abandonada, esburacada, placas enferrujadas, árvores caídas, natureza virgem. Estava me sentindo muito bem por estar lá. Acendi outro e acelerei mais. Finalmente, descendo a serra, podia ver o mar ao longe. Cruzei com uma placa que indicava "Estrada dos Tamoios". Imaginei o que os índios que viveram naquele lugar sentiam.

Primeira cidade, já no litoral. Caraguatatuba. A estrada passava por dentro. Ruas de paralelepípedo, casas, comércio, sorveterias. Dunas de areia pela cidade; parecia uma cidade no deserto. Carros, placas, portas de garagem, postes, tudo enferrujado. Bonito. Logo senti o cheiro de maresia. Aspirei com força. Perfume delicioso.

Fui em frente. A estrada cortava montanhas e praias, montanhas e praias. Não havia uma praia igual a outra, no tamanho, no formato, na cor; algumas ovais, outras como uma ferradura, outras retas como se tivessem sido feitas com régua. Uma galeria de obras de arte. Quem foi o escultor disso tudo?

Passei por Ubatuba e parei na primeira praia depois da cidade. Numa placa caída, o nome: Praia Vermelha. Por quê? De vermelho não havia nada! Estacionei o carro numa sombra. Vesti um calção e, seguido por Alfredo, fui ao encontro do mar. O cachorro ficou pasmado. Nunca tinha visto o mar antes. No princípio, ele não entendeu, mas depois, com intimidade, passou a correr atrás das ondas, se jogar na areia. Olhava para mim com a língua de fora e voltava a correr como um bobo. Mergulhei na água gelada e depois me deitei na areia. Sol. Há quanto tempo não tomava sol. Sossego...

Um homem caminhava com um cavalete debaixo do braço. Havia uma boina na sua cabeça. Me saudou.

— Bonjour, é você quem procura o escultor?

— Oui.

— Pois você está na frente dele. Fui eu quem criou tudo isso. C'est très joli, n'est-ce pas?

— É belíssimo. Onde o senhor se inspirou?

— Em nenhum lugar. Eu simplesmente jogava tudo para o alto e já caía nesse formato. Tu a compris?

— Oui.

— Au revoir — ele se despediu.

Acordei com o rosto ardendo. Meu corpo estava vermelho por causa do sol. Sem querer, acabei descobrindo a razão do nome Praia Vermelha. Maldito vermelho! Alfredo estava sentado por ali, respirando ofegante, com a língua para fora. Estava imundo e com um pedaço de peixe na boca. Malandro...

Tomamos água mineral e eu comi mamão com sucrilhos. Depois me lavei no chuveiro de um camping na praia. Natureza.

Seguimos viagem.

Antes de Angra, vi rastros no asfalto, perto de um hotel de beira de estrada. Parei e desci do carro. A porta escancarada. Lá dentro, uma garrafa de vodca vazia, várias revistas reviradas, cinzeiros sujos e tocos de vela; não havia luz elétrica. Mário. Só podia ter sido. Fiquei emocionado. Estávamos próximos, e eu, na rota certa.

Pendurados nas paredes, um monte de pôsteres, mapas náuticos, fotos de navios, caravelas e uma grande âncora enferrujada. Numa mesa de canto, conchas, pedras, estrelas marinhas e duas cabeças de peixe-espada; como um troféu. O ambiente transpirava mar.

Imaginei que naquele hotel de beira de estrada se reuniam velhos lobos do mar, barbados, com a pele queimada, curtida pelo sol, pitando um cachimbo no canto da boca e relembrando histórias e aventuras. Velhas histórias dos velhos marinheiros. Me lembrei daquele viajante solitário que atravessou o Atlântico num barco a remo, convivendo mais de cem dias com baleias, tubarões, aves marinhas, navios e a imensidão do céu e do mar. Soube que ele se esquecera de levar foto de gente. Ele não sabia mais como eram as feições humanas. Para afugentar a solidão, discursava em altos brados para o oceano.

Me imaginei atravessar o continente, junto de Mário, cruzar florestas, desertos, montanhas cobertas de neve, pântanos, rios, lagos, discursar para gatos, cachorros, jacarés, tigres, encontrar cidades abandonadas, diferentes umas das outras. Correr perigos, riscos, emoção. Isto sim é que era vida...

Abri uma porta que dava numa praia de areia escura. Caminhei sobre um deque de madeira. Alguns barcos encalhados. Pensei: primeiro o continente, depois, África! Ah, que vida... Me sentei numa cadeira de balanço e não fiquei olhando para o vazio. Fiquei olhando para o mar.

Segui viagem.

Passei pela usina atômica de Angra. Me lembrei dos pacifistas fazendo manifestações, passeatas, correntes humanas. Especialistas falando dos perigos da radiação.

O medo de uma guerra nuclear. No entanto, a história foi outra. Quem diria...

Fim de tarde. Entrei no Rio de Janeiro pela estrada da Barra. Na altura de Jacarepaguá caiu um forte temporal. Ficava difícil enxergar a cidade com aquela água toda. Silhuetas de arranha-céus pareciam fantasmas gigantes. Dirigia com cuidado e apreensivo: não conseguia distinguir um carro de uma casa. Estava nervoso. Um pouco nervoso. Normal. Segui por um elevado incrustado numa montanha de pedra. Um cartão-postal. Desemboquei numa praia pequena, Pepino. Outro cartão-postal. Subi a avenida Niemeyer até chegar às praias do Leblon e de Ipanema. Mais cartões-postais. Tive a sensação de estar entrando no Correio.

As praias estavam desertas. O mar super-revolto. Areia por cima das ruas. Amedrontador. A chuva foi diminuindo até parar. Chuva de verão: do jeito que vem, vai. Pude enxergar melhor os contornos da cidade. Abandonada. A luz elétrica não estava funcionando. Algumas árvores estavam caídas no meio da rua, amarradas por fios elétricos. O sol se punha. Na lagoa Rodrigo de Freitas, reparei que os holofotes que iluminavam o Cristo Redentor, no alto do Corcovado, estavam acesos. Misteriosamente. Fiquei arrepiado. A estátua do Cristo Redentor, braços abertos sobre a Guanabara, brilhando.

Olhei ao redor. Não vi ninguém, nenhum vestígio de gente, nada. Onde encontrar Mário? Como?

Detonei a primeira granada. A explosão ecoou pela montanha. Toquei a buzina. Esperei. Dei um tiro de metralhadora. Nada. Repeti tudo de novo. Esperei. Esperei. Nada.

Anoiteceu. Circulei pelas avenidas litorâneas. Observava os hotéis de luxo à procura do jipe verde-oliva, ou de um sinal qualquer. Na frente de cada um, eu buzinava. Nada. Não tinha uma alma viva. Passei por Copacabana, Botafogo, Urca, Flamengo. Fui até o aeroporto Santos Dumont. A pista estava coberta de areia. Nada. Velhos aviões estavam estacionados. Abandonados.

Voltei até o Leblon e investiguei no tal "Baixo". Restaurantes repletos de duros. Estava bastante escuro. Com uma lanterna, iluminava rostos, mãos, pernas e corpos duros. Pareciam plastificados, como os de São Paulo. Fui até a pizzaria em que comemos na vez em que fomos ao Rio. Examinei com o maior cuidado, quando encontrei, na mesma mesa em que havíamos sentado, um quepe de oficial. Mário. O quepe era dele. Deixou ali como um sinal. Fiquei ainda mais ansioso.

Fui até o hotel luxuoso em Copacabana. Esperar amanhecer. Descansar. Entrei num quarto do terceiro andar. Me deitei numa cama macia, expulsando Alfredo de cima dela.

— No chão, meu chapa!

Naquela noite dormi sem os comprimidos.

Acordei cedo. Fui à praia, corri feito um atleta, fiz exercícios numa barra enferrujada, flexões numa prancha. Depois, mergulhei na água fria, nadei, peguei jacaré. Finalmente me deitei sob o sol, mesmo com o corpo ardendo. Foi a primeira vez na minha vida que eu fiz exercícios. Viajante atleta. Nova Era.

Passei o dia todo procurando por ele. Laranjeiras, Santa Teresa, Glória, Maracanã, Méier. Sabia que ele não estava na Zona Norte. Mas eu precisava de confirmação. Nada. Voltei para a Zona Sul, toquei a sirene em tudo quanto era rua. Explodi granadas. Atirei com a metralhadora. Nada. Merda! E se eu não o encontrar? Voltar para São Paulo? Não, pelo amor de Deus. Aparece, desgraçado! Calma. Esperar.

À noite, voltei para o hotel. Nem consegui comer. Estava começando a ficar deprimido e com medo. E se ele já foi embora? Subiu o país. Belo Horizonte. Que fazer? Ir em busca dele? Voltar para São Paulo? E se ele já voltou para São Paulo? Nos desencontramos? Merda! Calma. Esperar.

Acordei novamente cedo. Fiz os mesmos exercícios do dia anterior. Viajante atleta. Arrumei uma luneta numa lojinha do próprio hotel e saí para procurá-lo. Mais barulho, sirene, granadas, tiros de metralhadora. Saco! Parei na Vieira Souto. Vasculhei tudo, cada janela, cada hotel, principalmente os grandes.

A Lagoa parecia ser o lugar ideal. Cercada por morros de um lado e por prédios do outro, qualquer barulho que eu fizesse se espalhava por todo lugar. Foi depois de eu estourar uma granada. Ouvi um barulho vindo de longe. Um disparo de metralhadora. Respondi dando uma rajada. Esperei e ouvi um novo disparo. Mário. Vinha do alto. Peguei a luneta e olhei para o Cristo. Claro! Reparei na silhueta de uma pessoa. Estava em cima de um parapeito e vestia um uniforme do Exército. Ah! Dei um grito de alegria. Olhei ao redor para ver se encontrava o jipe. Um vulto se mexia no começo de uma escada. Descia correndo, como se estivesse se escondendo. Mário, num canto, continuava acenando. No outro, o vulto saía do monumento, descendo correndo. Era a velha. A velha com o pedaço de pau na mão. Desgraçada! Mário continuava acenando.

Entrei no carro e disparei na direção do morro. O que aquela velha estava fazendo lá em cima? Fiquei feliz em vê-lo. Finalmente poderemos viajar o mundo, juntar as forças, ser dois em um, eu e ele. Mas aquela velha... Como subir até lá? Entrei no Túnel Rebouças, me lembrando da estação do trenzinho turístico que sobe até o alto. Cosme Velho. Por que ela se escondia? Por que descia a escada correndo? Afinal, o que aquela porra daquela velha estava fazendo lá?! Na avenida, encontrei a placa que indicava o caminho. Subi a toda, cantando pneu, cruzando com árvores caídas, galhos, mato. Atravessei a floresta tenso.

Cheguei no pátio de estacionamento e parei o carro ao lado do jipe. Tirei a chave do contato, armei a metralhadora olhando tudo ao redor. Não vi ninguém. Eu e Alfredo subimos as escadas com os olhos bem abertos. Nada. Na base da estátua ventava bastante. Podia ver toda a cidade do Rio de Janeiro. Não estava lá. Fiquei desesperado. Gritei:

— Mário!

Ouvi a resposta vinda de trás do parapeito. Corri até lá e o vi de pé, à beira do precipício. Estava com um paraquedas nas costas.

— Você veio, seu canalha! — ele disse abrindo os braços.

— Viva! — eu disse.

— Que bom que você veio. Olha pra lá. Não é lindo? É tudo nosso. Meu e teu.

— Tudo nosso?

Sorrimos. Uma nova vida. Nova Era. O mundo nas nossas mãos. Vivo.

— Você vem? — ele perguntou.

— Claro que vou!

Pulei o parapeito e comecei a descer até ele.

— Aquela velha está aí?

— Velha? Foda-se a velha — ele respondeu.

— Mas ela...

— Que diferença faz?

Assim que desci, ele disse:

— Vem me pegar...

Atirou-se com os braços e pernas abertos. Acompanhei seu voo sobre a Guanabara. Só que o paraquedas não abriu. O paraquedas... não abriu.

"Leitor, fique meia hora sem ler o livro."

O AUTOR

Uma distante estação

Uma placa totalmente enferrujada indicava São Paulo a poucos quilômetros. Não me emocionei. Não senti nada. Há tanto tempo sozinho, pulando de cidade em cidade. Congelei qualquer tipo de sentimento. A história da minha vida? Ah, isso faz muito tempo... Por que voltava depois de tantos anos? Sei lá. Acelerei a motocicleta no viaduto de entrada. Foi nesta cidade que tive o contato com o fim. Foi nesta cidade que para mim tudo começou. A terra que cobria o asfalto era um pouco perigosa. Mas não me importava. Há muito não me importava com nada. Talvez tivesse voltado por causa dela. Martina. Ainda estaria viva? Sozinha todos esses anos... Há muito não via um rosto humano vivo. Há muito não ouvia uma palavra. Ainda estaria viva? Nova York, Washington, Los Angeles, México, ninguém, ninguém. Sozinho esse tempo todo. Sei lá.

A ponte das Bandeiras, sobre o rio Tietê, estava rachada ao meio; destino que o tempo trouxe. O desenho da metrópole era o mesmo; cemitério. O desgaste, as estruturas enferrujadas; os carros cobertos por poeira com os pneus murchos. Pátina encardida nas paredes, cinza, fuligem do tempo, monótona destruição: como em todas as cidades em que estive. Uma matilha de cães passou correndo. Me lembrei de Alfredo, congelado numa maldita montanha. Morto. Foi a última vez em que fiquei triste. A última.

Parei na Praça da Sé. O silêncio e o vazio estavam aprisionados entre os altos edifícios. Subi a escada da catedral atento aos movimentos de ratazanas molengas; se assustaram. Estavam por todas as partes. Caminhei até o altar. Cheiro de mofo. Vários morcegos sobrevoaram. Todas as partes. Parei na frente do grande crucifixo. Meu cabelo estava tão longo quanto o dele. Minha barba também.

— Olá — eu disse. Estava tendo o costume de falar com santos. — Você não disse que iriam sobrar testemunhas.

Uma barata percorria a sua perna.

— Por que fez isso?

Essa pergunta, sempre, sempre. Por quê? Me ajoelhei, fiz o sinal da cruz e rezei. Seja feita a Vossa vontade, assim na Terra como no Céu. Me levantei e cheguei perto do crucifixo. Matei a barata com a mão. Amém.

Saindo do templo, vi um puma bebendo água da fonte com um filhote ao lado. Ele me olhou calmamente. Ficou me olhando. Era o dono da cidade. Olhei para o céu. Me lembrei do jato que uma vez ouvi. Expedições... Nada disso. Nenhum jato. Ninguém. Por quê? O que aconteceu? Meu Deus, pra quê? O puma continuava me olhando. Subi na moto e dei a partida. O dono da cidade.

Subi a Brigadeiro sem pressa nenhuma. Entrei na avenida Paulista, vermelha. A loucura de pintá-la. Contornei as estruturas metálicas do que já tinha sido uma antena. Parei em frente à enorme casa amarela e desliguei o motor. Silêncio. Fiquei um tempo olhando com cuidado. As paredes estavam sujas e cobertas de mato. Havia tábuas em algumas janelas. Poeira por toda parte. Abandono. Subi no muro e vi uma horta plantada no jardim. Duas vacas pararam de comer e me olharam. Silêncio. Pulei para dentro. Atravessei o pátio e caminhei até a porta de entrada. Estava aberta. Entrei no hall olhando para o enorme lustre de cristal meio torto.

Ouvi uma cantiga. Fui até o salão de mármore onde uma criança riscava o chão e cantava. Era um menino loiro, com o rosto todo sujo. De repente, parou de cantar e olhou para mim. Ficou de pé, me estranhando. Não disse nada. Fui até perto dele, me agachei e encostei no seu rosto. Era a cara de Mário. Seus cabelos pareciam fios de ouro. Alisei-os. Ele não aparentava medo. Apenas me estranhava. Ficamos um tempo nos olhando, sem falar nada. Ouvi passos vindos da escada. Me ergui. Martina olhou para mim surpresa. Parou. Fui hesitante até perto dela. Coloquei minha mão no seu ombro. Ela se atirou nos meus braços. Chorou convulsivamente, tocando em mim com força, me abraçando, me puxando. O garoto voltou a se sentar e novamente cantou, riscando o chão.

Há muito tempo não me olhava no espelho. Estava estranho com aquela barba e sem um dente da frente. Peguei uma tesoura e cortei o cabelo. Raspei a barba. Tomei um banho de banheira.

— Está na mesa! — Martina bateu na porta. Vesti uma roupa limpa e desci. Velas, louça chinesa, taças de cristal. Champanhe.

O garoto estava limpo. Com uma grande colher, não parava de olhar para mim. Punha mais comida fora da boca que dentro. Era um garoto muito bonito. Martina também estava bonita. Seu cabelo: preso por um elástico. Suas mãos calejadas. Um pouco mais velha, mas ainda muito bonita. Um gato pulou no meu colo, me assustando.

Todos riram. Inclusive eu. Jantamos sem nos falar muito. O barulho do gerador preenchia o nosso silêncio. Poucos cáes latiam.

Na cozinha, ajudando a lavar a louça, ela se emocionou e chorou. Chorou sem parar. Chorou tudo o que podia. Tentei acalmá-la. Ela deu socos no meu peito. Ela se debateu. Eu a abracei mais forte. Ela acalmou. Chorou no meu ombro, tocando em mim com força, me puxando. O garoto cantava no jardim.

Quando acordei, o garoto já estava de pé, brincando com os cachorros. O céu estava limpo e fazia muito calor. Subi na moto colocando a mochila nas costas. Olhei para o céu e para tudo ao redor. O mato cobrindo as paredes. As tábuas na janela. O garoto correu até perto de mim e ficou me olhando com o dedo na boca. Sorri para ele. Fios de ouro.

— Como é o seu nome?

Ele náo falou nada. Continuou me olhando.

— Como é que a sua máe te chama?

Continuou me olhando. Será que ele sabe o que significa máe? Tirou o dedo da boca e falou baixinho:

— Mário...

Pausa.

Olhei novamente para tudo. Dei a partida na moto e acelerei. Ele pôs a máo no ouvido e sorriu. Engatei a primeira e saí. Vi, pelo retrovisor, o menino com o braço erguido, dando tchau. Parei a moto e voltei. Olhei para ele. Joguei a mochila no cháo, peguei e o sentei no meu colo.

— Segura firme, tá?

Ele se segurou no guidáo. Engatei novamente a primeira e partimos.

No mirante do Pico do Jaraguá, coloquei o garoto no chão. Segurei a sua mão e fomos caminhando pelo gramado até sentarmos num banco. Ele estava surpreso. Acho que nunca tinha visto a cidade de longe. Eu brinquei com ele:

— Um dia, isso tudo será seu.

Um falcão nos sobrevoou por um tempo. Depois, foi descendo, descendo até sumir entre os edifícios ao longe.

ESTA OBRA FOI COMPOSTA PELA ABREU'S SYSTEM EM ADOBE GARAMOND
E IMPRESSA EM OFSETE PELA LIS GRÁFICA SOBRE PAPEL PÓLEN SOFT DA
SUZANO S.A. PARA A EDITORA SCHWARCZ EM NOVEMBRO DE 2020

A marca FSC® é a garantia de que a madeira utilizada na fabricação do papel deste livro provém de florestas que foram gerenciadas de maneira ambientalmente correta, socialmente justa e economicamente viável, além de outras fontes de origem controlada.